NADIR,

OU

THAMAS-KOULI-KAN,

TRAGÉDIE.

PAR M. (DU BUISSON)

Représentée pour la première fois, sur le Théâtre de la Nation, le 31 Août 1780.

Mirza, sois à jamais l'honneur de la Nature.

Acte II, Scène 4.

Prix une livre seize sols.

A PARIS,

Rue Dauphine, près du Pont-Neuf.

Chez ALEX. JOMBERT, jeune, successeur de CH. ANT. JOMBERT, son père, Libraire du Roi pour l'Artillerie & le Génie.

M. DCC. LXXX.

A MON PERE.

O VOUS, *que des circonstances impérieuses m'ont forcé de quitter,* MON PERE, *permettez-moi de tromper en quelque sorte le sort & les espaces immenses qui nous tiennent séparés, en vous envoyant un second fils, sincère interprète des sentiments du premier.*

J'ose me flatter que Mirza ira souvent à votre cœur : il est sorti du mien, il aura des droits sur le vôtre. Oui, MON PERE, *vous relirez plus d'une fois ces endroits où j'ai cherché à peindre la tendresse filiale telle que je la ſens, & telle qu'elle doit être : vous reconnaîtrez que le Peintre ne fut point étranger à ſes couleurs ; vous verſerez des larmes d'attendriſſement & ſur l'Ouvrage, & ſur l'Auteur ; tandis que moi, je me croirai trop heureux d'avoir pu vous offrir publiquement un éclatant témoignage de l'amour & du reſpect filial de celui qui ne ceſſera jamais un inſtant de ſe dire,*

MON PERE,

Votre très obéiſſant
& très ſoumis fils,
D. B.

PRÉFACE.

La profonde insensibilité que j'eus de tout tems pour les événemens qui n'intéressent point mon âme, fait que j'ai vu, sans la moindre inquiétude, tout ce que l'écume de la Littérature a pu faire pour empoisonner le succès dont le Public a bien voulu encourager mes premiers pas dans la carrière dramatique.

Les critiques, beaucoup plus ridicules que méchantes, d'un tas de gens anonymes, ou sans nom; les pamphlets indécens de quelques-uns de ces prétendus dispensateurs de la renommée, que leur incapacité reconnue d'y prétendre pour eux-mêmes a réduits à la misérable petite ressource d'altérer, quelques minutes, celle des autres; le silence bassement motivé de la suffocante envie, & les décisions tranchantes de certains Bureaux d'esprit trop connus dans Paris, excepté par celui qui les méprise, tout cela, loin de me donner un seul instant d'humeur, n'a fait au contraire que me préparer des jouiſſances infiniment plus précieuſes, lorſque j'arrachais des larmes aux ſpectateurs les plus défavorablement prévenus.

Quel plaiſir, en effet, n'ai-je pas reſſenti en entendant à la ſeconde repréſentation de *Nadir* un bel-eſprit s'écrier : *c'eſt déteſtable*, & le voyant en même tems s'efforcer de ſe cacher pour eſſuyer ſes yeux qui démentaient ſa bouche ! Qu'il a dû ſouffrir, ce pauvre homme, en ne pouvant donner que ſa langue à la cabale qu'il avait promis de ſervir, & ſe trouvant contraint de m'abandonner ſon cœur, en le livrant aux ſenſations que lui faiſait éprouver un ouvrage qui le maîtriſait malgré lui !

Qu'il eſt flatteur cet empire que l'on obtient ſur les volontés pendant quelques momens ; & que c'eſt bien là la véritable récompenſe des travaux dramatiques ! que celui qui n'en ſent pas tout le prix ne cherche point à pénétrer dans le ſanctuaire ; il n'eſt pas fait pour honorer un art que tout autre but déshonore : ſi l'enthousiasme de la gloire n'est pas le seul motif qui le conduit vers elle, jamais il ne ceindra sa tête de ce laurier durable qui couronna le front des grands hommes fondateurs & soutiens de la scène Française, de ces grands hommes pour lesquels je ne puis mieux marquer mon admiration qu'en tâchant de suivre la route tracée par leurs talents, & de ramener la Tragédie à ses véritables regles théâtrales auxquelles leur génie ne dédaigna pas de se conformer, mais que depuis quelque tems on s'est fait une dangereuse habitude de violer de toutes manières, soit par défaut de goût, soit par négation de talent.

C'est avec empressement que je saisis cette occasion de déclarer ouvertement le respect que j'eus & aurai toujours pour Corneille, Racine, Crébillon & Voltaire, parceque je n'ignore pas qu'entre toutes les petites méchancetés qu'on a cherché à me faire, des gens qui ne me connaissent pas, & à qui je n'ai jamais parlé, ont prétendu que, dans mes discours, je traitais fort lestement ces grands Maîtres.

Cette calomnie était d'autant plus facile à s'accréditer qu'on n'a déjà vu que trop d'exemples de ces jeunes athletes présomptueux qui, dès qu'ils ont senti l'ombre du premier laurier s'étendre sur leur tête, ont osé porter une main sacrilège sur ceux de leurs illustres prédécesseurs; car enfin ce n'est pas moi qui ai dit ni écrit *que Corneille n'avait fait que des scènes, & n'était qu'un déclamateur; que Racine n'était pas tragique, & n'était que versificateur; que Crébillon était un barbare, & que Voltaire n'avait que de l'esprit,*

Ce sont cependant là des blasphêmes échapés à ceux mêmes qui se sont avisés de me les imputer, comme si, après le dessein formé de me prêter quelque sottise, ils avaient du moins eu le bon esprit de sentir que le meilleur moyen de me rendre ridicule était de supposer que je pensais comme eux. Mais j'espère prouver de plus en plus au Public que ces Messieurs & moi nous n'avons rien de commun ensemble.

Entre tous les propos qui se sont tenus, ſe tiennent, & ſe tiendront ſur la Tragédie de *Thamas-Kouli-Kan* & ſon Auteur, je viens de repouſſer le ſeul qui pût jamais m'importer ; paſſons tout de ſuite à l'Apologie que je me ſuis propoſé de faire, non de ma Pièce, mais de cet eſſain de Critiques qui l'ont aſſaillie de toutes parts & de toutes manières.

Les Rhadamantes littéraires s'étant livrés à des jugemens(*) que le Public, ſeul & véritable arbitre ſuprême d'une pièce de Théâtre, a pris la liberté de contredire de la façon la plus décidée, ils pourraient bien, dans cette affaire-ci, perdre un peu de leur crédit, & l'on pourrait s'habituer à ne plus juger ſur leur parole, ſi je ne prenais ici le ſoin de rétablir dans toute ſon intégrité la réputation qu'ils méritent d'avoir en matière de goût & de connaiſſances dramatiques ; & c'eſt en expoſant les motifs de la petite erreur qu'ils

(*) Il eſt facile de comprendre que je n'entends point parler ici du ſeul Ouvrage à qui apartient, depuis l'établiſſement de la Comédie, le droit de rendre compte des Pièces de Théâtre, & qui peut ſeul, par une Analyſe raiſonnée, être utile à l'Auteur même qu'il critique.

ont commiſe, que je parviendrai à empêcher qu'elle ne porte atteinte au degré de valeur littéraire dont l'eſprit de chacun d'eux avait juſqu'ici joui dans le monde.

Je commence donc par aſſurer qu'il n'en eſt peut-être pas un ſeul qui ait exactement penſé ce qu'il a écrit ou dit de ridicule ſur Thamas-Kouli-Kan; mais cet ouvrage avait été généralement proſcrit avant d'être connu, &, en vérité, je le méritais bien, d'après la conduite que j'avais eu la mal adreſſe de tenir, & que je vais expoſer ici avec cette franchiſe déſolante que je mets par-tout, mais dont je ne me corrigerai jamais, malgré ſes inconvéniens, parcequ'elle fait & doit faire la baſe d'un caractère qui a toujours conſervé quelque énergie, & que le haſard d'avoir fait une Tragédie ne rendra ni diſſimulé, ni puſillanime.

Victime de toutes les paſſions, j'avais quelque droit à les peindre; peut-être ai-je moins lu que certaines perſonnes, mais, à coup ſûr, j'ai beaucoup plus vu, & pour le moins autant ſenti. C'eſt à ce titre ſeul que j'ai osé entreprendre d'entrer dans la carrière dramatique, il est vrai sans m'être auparavant essayé par de petits vers de société, ni par des Epitres flatteuses aux Dames, ou aux beaux-esprits, enfin sans avoir voulu me faire ce qu'on apelle des amis ou des prôneurs.

J'ai un peu trop d'expérience pour n'avoir pas fort bien prévu que ceux dont je n'avais recherché ni les recommandations, ni les éloges, se trouveraient violemment sollicités par leur amour-propre à se déclarer mes ennemis. J'en étais bien sincérement affligé ; mais je ne pouvais me résoudre à les disposer en ma faveur par de serviles adulations, & d'ailleurs je me flattais toujours secrétement que j'aurais, tôt ou tard, pour moi la majeure & la plus saine partie du Public.

La nature des ouvrages de Théâtre ne leur laisse jamais de durables ennemis que leurs défauts : il n'en est aucun que l'on soit parvenu à décrier lorsqu'il avait par lui-même une certaine vigueur, comme il n'en est point que la cabale la plus puisſante empêche d'être un jour rangé dans la claſſe inférieure qui lui convient.

L'Ecrivain eſtimable qui compoſe dans le ſilence de ſon cabinet un volumineux *in-quarto*, peut bien, malgré tout ſon mérite, voir le fruit de ſon génie condamné long-tems à une injurieuſe obſcurité, par les manœuvres ſourdes de la mauvaiſe volonté. Il n'a pas de moyen de forcer les bouches de la Renommée qui ſe refuſent même à dire du mal de ſon ouvrage, de peur de le faire connaître. J'ai éprouvé ce ſort (*), & j'en ai ſenti l'amertume, ſans m'en plaindre.

Mais une Pièce de Théâtre arrivée au grand jour de la repréſentation, eſt dès-lors certaine de ne ſouffrir que des injuſtices paſſagères; & l'impreſſion vient enſuite compléter ou détruire l'effet qu'elle a pu faire. Envieux ignorans, envieux ſavans, Critiques raiſonnans, Critiques ſans raiſon, tous n'ont qu'une exiſtence éphémère, tandis que l'objet éternel de

(*) Sur-tout pour mes nouvelles conſidérations ſur Saint-Domingue, & ma lettre à M. L***.

leur désespoir s'élève victorieusement, & dans l'élan audacieux de sa tige superbe, devient en un instant hors des atteintes de leurs malicieux efforts, & stérilise aussi-tôt les plantes exotiques qui vainement avaient tenté de l'étouffer à sa naissance.

Telle est l'idée consolante qui me rassura toujours, & doit de même rassurer tout homme qui se destine aux travaux dramatiques. Il ne doit voir que son talent, & le Public : tout le reste est accessoire & momentanée. J'ai cru nécessaire de bien appuyer sur ce principe, parcequ'il est & ne cessera d'être le mien, & servira toujours à expliquer ma conduite & celle de mes adversaires. Passons maintenant aux autres causes qui ont peut-être donné aux persécutions de ceux-ci un peu plus d'activité.

C'était déjà une assez grande gaucherie de ma part de venir de quinze cens lieues pour me jetter à corps perdu dans une carrière où tous les concurrens sont d'un naturel très ombrageux. J'ajoutai à cela l'étourderie de prendre mon tems on ne peut plus mal.

Depuis quelques mois il s'était formé une assemblée d'une douzaine d'Auteurs dramatiques, ou non, qui s'étaient élu des Commissaires, lesquels prétendaient représenter tous les Auteurs dramatiques nés & à naître, & même l'*Ordre entier des Gens de Lettres*, ainsi qu'ils s'énonçaient eux-mêmes.

Pour moi, dont la perception n'est pas extrêmement active, je ne pus jamais comprendre comment les Gens de Lettres pourraient fraterniser ensemble, & former une *communauté* toute composée d'individus qui ne pouvaient avoir de *commun* aucun des trois principaux points de l'existence humaine, la naissance, la gloire & l'intérêt. Ma faible judiciaire ne s'étendit point jusques-là, & je suis encore à savoir comment, pour avoir fait six ou sept mille vers tragiques, je me verrais, malgré moi, soumis aux impulsions étrangères d'un Corps hétérogène, & forcé jusques dans mon libre-arbitre; car il prétendait assujétir à la fois, & les Comédiens, & tous les Auteurs possibles, qui n'auraient pu traiter ensemble de leurs Pièces que d'après les décisions de cette prétendue Société, qui voulait me défendre de faire un don, ou un marché à forfait de ce que le Roi lui-même a déclaré depuis long-tems, par un des Arrêts de son Conseil, la chose du monde la plus libre, c'est-à-dire les productions de l'esprit.

Par un calcul qui paraissait alors tout à l'avantage de deux ou trois des principaux Membres de la prétendue Société, on venait de suprimer, par Arrêt du Conseil, le tableau des Pièces reçues (*) & non encore jouées à la Comédie Française, dans le nombre desquelles celle de Tha-

(*) J'aprens que les mêmes instigateurs de cette supression déjà obtenue, voyant qu'elle favorisait de jeunes Auteurs dont les talens jusques-là ignorés, n'attendaient que cette révolution pour paraître, avaient mieux aimé s'exposer au ridicule de l'inconséquence la plus marquée, que de donner jour à se placer à ces nouveaux concurrens; &, par une incroyable contrariété avec eux-mêmes, sollicitaient actuellement le rétablissement du tableau, c'est-à-dire la perte de l'Art & son anéantissement total; car j'ose prédire qu'il dépend de ce point.

mas-Kouli-Kan ſe trouvait la dernière, & il était enjoint aux Comédiens de relire toutes ces Pièces devant un Comité, & d'en faire un nouveau choix, afin de débarraſſer cette liſte d'un fatras d'ouvrages reçus par faveur ou par complaiſance, qui obſtruaient la carrière, & d'épargner au Public une prolongation d'ennui juſqu'à la fin des ſiècles, ainſi qu'il en était menacé ci-devant.

Pluſieurs de ces pères inſcrits ſur la liſte, alarmés par leur propre conſcience, tremblèrent pour leurs enfans. Les foyers, les couliſſes & les ſoupers dramatiques retentirent de ces cris paternels, & l'on ne voulait point expoſer à une nouvelle épreuve des productions qui avaient eu bien de la peine à ſoutenir la première; peut-être auſſi était-ce par modeſtie.

D'un autre côté, la nouvelle Congrégation dramatique avait trouvé le ſecret *de tirer le plus d'argent poſſible de la plus mauvaiſe Pièce poſſible.* Heureux fruit de l'eſprit de calcul & de commerce qui préſidait à toutes ſes délibérations!

Les Comédiens s'apperçurent que ce seraient eux qui feraient tous les frais du sort avantageux que les nouvelles demandes préparaient aux Auteurs, même les moins méritans, qui s'enrichiraient en les ruinant &, qui pis est, en ennuyant le Public; ils crurent devoir faire des représentations à leurs Supérieurs contre des innovations qu'en vérité rien ne semble devoir exiger dans le traitement pécuniaire des Auteurs.

Et lorsque l'on se rappelle que Voltaire ne se crut pas lésé dans ses intérêts pour n'avoir retiré que 3600 liv. de vingt représentations de Mérope; que Piron fut content d'avoir mille écus pour sa Métromanie, & Crébillon 1440 liv. pour Electre (trois Pièces que la Société dramatique, ni moi, ne ferons jamais), ne devrait-on pas croire que l'Auteur d'une certaine Pièce moderne n'est point du tout à plaindre de n'en avoir encore retiré que 11229 l., quelque délicieuse qu'elle puisse être? Cependant les Auteurs actuels crient à l'opression: on les vole, on les pille, on ne paie pas aſſez leurs veilles infiniment précieuſes ; & c'eſt peu de la gloire incommenſurable qui leur en revient, il faut à préſent que lorſqu'on a eu le bonheur de produire un Drame, même en proſe, on ſe ſoit créé une rente viagère ſur le ſpectacle, & peut-être héréditaire. On avait même pris de certaines meſures très plaiſantes pour ramener à volonté ſur le Théâtre de la Nation, déjà riche de tant de chefs-d'œuvre, la plus mince production dramatique, la plus ridiculement caractériſée des ſignes hébétés de l'impuiſſance, & cela pour le plus grand bien de l'Auteur, il eſt vrai, mais pour la damnation éternelle du Public & des Acteurs.

Il faut cependant avouer que dans le tems où l'on ne fait plus guères de bonnes pièces, il paraît aſſez raiſonnable, dans ce ſens, de ne s'occuper que des mauvaiſes, & de ſauver, dans une chûte, du moins l'intérêt, ſi l'on ſe trouve condamné à renoncer à la gloire. Mais, par le nouvel arrangement, l'exiſtence phyſique du Comédien ſe ſerait trouvée compromiſe,

& cet art, abſolument néceſſaire à l'autre, ne pourrait plus faire ſubſiſter celui qui, pour l'exercer, eſt obligé d'y dévouer, dans la plus laborieuſe aſſiduité, ſes facultés phyſiques & morales, ſans avoir la liberté, ni le loiſir, comme tous les Auteurs, de ſuivre en même tems telle autre voie de fortune, & d'occuper tout autre emploi dans la ſociété.

Cette conſidération ſuffiſait pour me rendre odieuſe toute diſcuſſion dictée par un intérêt trop actif, & ſachant que les Comédiens troublés, inquiétés par tous ces débats, ſe voyaient dans l'impuiſſance de donner aucune nouveauté au Public, juſqu'à ce qu'ils fuſſent terminés, je ne trouvai rien de mieux à faire que de leur offrir en pur don Thamas-Kouli-Kan, à la ſeule condition qu'ils le joueraient ſans délai *comme pièce de leur fonds*.

C'eſt alors que je connus que l'eſprit qui anime la Comédie, était bien différent de celui que l'on cherche à lui prêter dans le monde.

Le désintéressement le plus noble, la reconnaissance la plus vive, mais en même tems l'attachement inviolable au droit d'ancienneté des Auteurs, même dans un moment où elle aurait pu les méconnaître, dictèrent la réponse que le S[r]. Molé fut chargé de me faire au nom de tous les Comédiens.

Leur refus contrariant le desir que j'avais de me faire jouer, j'objectai que mon départ pour l'Amérique, dont le moment incertain peut être très raproché, & mon séjour prolongé dans ces climats éloignés, m'obligeraient de renoncer à une carrière où il m'eût été nécessaire d'essayer mes forces pendant mon séjour en France pour m'encourager à la continuer; & que, puisque toutes les avenues s'en trouvaient obstaclées, je me verrais obligé de retirer les ouvrages déjà reçus unanimement par la Comédie, & de suprimer ceux dont je m'occupais.

Ce motif, dont la Comédie sentait la justesse, ne put cependant être accueilli par elle comme elle l'eût desiré, à cause de de ce cruel droit d'ancienneté, véritable épouvantail des talens, qui en a peut-être fait avorter plus d'un, & qui, sous une fausse apparence de justice, les réduit tous à une marche uniforme & languissante qui oblige l'homme que la nature doua d'une facilité productive, à voir arrêter son essor, & l'assimile à celui qui n'enfante qu'avec de longs & pénibles efforts, & qui seul peut bien avec justice attendre pour jouir, les cinq ou six années qu'il a mis à faire.

La gloire est un centre commun où tous doivent tendre par un rayon égal. Le degré de bonté des Ouvrages doit seul leur assurer la pré-séance; &, si trente Pièces sont inscrites avant la mienne sur le regître de la Comédie, ce me doit être seulement une obligation d'en présenter une meilleure, si je veux qu'elle passe avant, mais non un obstacle éternel pour la faire paraître.

Ces tours d'Auteur n'étaient pas connus du tems des grands hommes, & s'ils l'avaient été, Corneille, Racine & Voltaire n'auraient pas vécu aſſez pour faire repréſenter la moitié de leurs ouvrages; peut-être même ils ne les auraient pas compoſés. Une multitude de mauvais concurrens auraient aſſiégé le Théâtre; & leurs informes productions abſorbant le tems des Comédiens, auraient embarraſſé & arrêté les pas de ces Géans qui ſe ſeraient trouvés confondus avec les Pigmées.

Cette règle ne s'eſt établie que comme un moyen d'empêcher les préférences arbitraires que l'on craignait que les Comédiens ne donnaſſent à tel ou tel Auteur. Mais cette crainte eſt abſolument dénuée même de vraiſemblance.

Le Comédien qui n'a d'autre reſſource pour vivre que ſon état qui l'oblige à des frais très conſidérables, a toujours un intérêt très preſſant qui devient le gardien du talent des Auteurs, & leur aſſure le rang naturel que mérite le degré de bonté de leurs ouvrages. Le Comédien eſt même plus preſſé de jouïr que tout autre individu: il ne conſerve ſon état qu'un certain nombre d'années ; &, dès qu'il ſait qu'il exiſte dans ſon répertoire une Pièce ſuſceptible de faire plaiſir au Public, il n'eſt pas aſſez ennemi de lui-même pour ſacrifier à quelque raiſon particulière d'animoſité contre un Auteur un ouvrage qui lui aſſure un certain nombre de Repréſentations brillantes, qui ſeules peuvent le mettre en état de faire face à ſes dépenſes néceſſitées.

Il n'y aurait donc aucune ſorte d'inconvéniens à laiſſer l'Auteur & l'Acteur traiter enſemble, l'un comme un manufacturier, l'autre comme un marchand. Celui-là fabrique & vend, mais il ne peut exiger de celui-ci, qui détaillera, qu'il expoſe en vente à tems préfix. C'eſt au marchand ſeul, dès qu'il a acquis l'Ouvrage, à connaître les circonſtances qui peuvent donner plus ou moins de débit à la choſe. On éviterait encore par-là le danger de la reſſemblance qu'entraîne la coutume de jouer les Pièces à leur tour. L'ordre de réception faiſant ſouvent ſuivre immédiatement deux ouvrages qui ont quelque rapport, le dernier en eſſuie une défaveur inappréciable. C'eſt ce que l'on a vu depuis peu : le Public qui s'eſt trouvé extrêmément échaufé par les premières étoupes que l'on á brûlées après Pâques, s'eſt montré tout de glace à un feu bien plus conſidérable, mais qui n'eſt venu que le ſecond. Au lieu que ſi la Comédie n'avait pas été aſtreinte à cette impitoyable règle des tours de réception, elle eût mis un plus grand laps de têms entre les deux incendies, & eût peut-être fait réuſſir le ſecond.

Enfin, la ſuite infaillible de ce rétabliſſement dans l'ancien droit naturel, que tout doit faire deſirer, ſerait que les ouvrages médiocres ne ſeraient repréſentés que dans les tems de diſette où la Comédie n'en aurait aucun autre meilleur; or, je ne vois pas que ce ſoit un grand malheur que des drames biſarres, faits comme des thèmes de Collège, attendent leur chûte quelques années de plus, & je ſuis aſſuré qu'ici le Public ſera de mon avis.

Je me ſuis laiſſé détourner un inſtant

par cet objet, parceque je desirerais qu'il devînt celui des réflexions de Messieurs les Supérieurs, & que ce fût par un effet de leur protection que la carrière dramatique reprît une liberté qui seule peut lui assurer des combattans dignes de soutenir son ancien éclat. Revenons maintenant à la suite de l'Exposé exact de ma conduite, & achevons de la faire connaître pour me justifier de la prétendue irrégularité de procédés dont on a cherché généralement à m'inculper, & même dans le Courier de l'Europe.

Au moment que je perdais l'espoir de faire jouer aucun de mes Ouvrages, il se présenta une circonstance favorable qui pouvait me le rendre, pourvu que je la saisisse avec activité.

Le sieur Brizard avait obtenu un congé de quatre mois, & M. de Sauvigny m'a-prit qu'il y a six ou sept ans, pendant un congé de Le Kain, il avait fait placer Romeo & Juliette de M. Ducis, 22 jours après sa réception, parceque toutes les Tragédies qui le précédaient avaient beſoin de cet Acteur, & que la ſienne était la ſeule qui pût s'en paſſer.

Je crus pouvoir ſuivre la même marche. Les dix Tragédies qui me précédaient avaient, me dit-on, toutes beſoin du ſieur Brizard, & par conſéquent aucune d'elles ne pouvait ſe monter juſqu'à ſon retour, que l'intérêt de la Comédie & des plaiſirs du Public ne permettait pas d'attendre. Je ſaiſis avec promptitude cette ouverture pour me gliſſer. La Comédie écrivit aux Auteurs dont les Tragédies ſe trouvaient avant la mienne dans l'ordre du Tableau. Ma façon de penſer me dicta en même tems une démarche vis-à-vis d'eux dont je me ſerais repenti ſi une action honnête, parcequ'elle a été mal-reconnue, pouvait jamais laiſſer du regret. J'écrivis à ces Meſſieurs la Lettre ſuivante.

» L'honnêteté des procédés devant » particulièrement diſtinguer un Homme » de Lettres, je me crois obligé, avant » de ſuivre quelques projets que l'abſence » du ſieur Brizard m'a fait naître, de

» vous demander ſi vous avez beſoin de
» cet Acteur pour jouer dans votre Tragédie : les Comédiens vont être dans
» le cas de chercher ſur leur Tableau une
» Pièce qu'ils puiſſent mettre pendant le
» congé de cet Acteur qui durera juſqu'au
» 1er de Septembre. Quoique l'Eté ſoit
» peu favorable, ſur-tout pour une Pièce
» d'un auſſi faible mérite que Thamas-Kouli-Kan, le peu de ſéjour que j'ai à
» faire en France me déterminerait à en
» haſarder la Repréſentation, ſi aucune de
» celles qui ont été reçues avant moi ne
» pouvait ſe monter ſans le ſieur Brizard.
» J'attends l'honneur de votre reponſe
» poſitive, & j'ai celui d'être, &c.

Un ſeul Auteur me répondit avec l'honnêteté que j'avais lieu d'attendre de tous; les aûtres tergiversèrent, ou ne répondirent pas dutout. Quelques-uns firent ſemblant de vouloir donner leurs rôles à des doublants plutôt que de me laiſſer jouer. La Comédie agiſſant toujours méthodiquement ſomma de relire, on ne ſe preſſa point; on voulait me traîner en longueur pour donner le tems au sieur Brizard de revenir, & me faire échaper l'occasion dont je voulais profiter.

Mais, comme aucun de ces Messieurs n'aura jamais le plaisir de me faire sa dupe, cette mauvaise intention fut bien aisément apréciée par moi; &, m'étant souvenu de ces deux vers de Thamas-Kouli-Kan, que j'ai pris depuis long-tems pour devise,

> Le desir dans mon sein est un feu dévorant
> Que l'obstacle alimente & rend encor plus grand,

je ne m'éfrayai pas de toutes ces menées; voyant que personne ne se présentait, je relus, fus reçu unanimement, & distribuai mes rôles; enfin je me trouvai prêt à être joué huit jours avant l'arrivée du sieur Brizard.

C'est alors que ceux qui s'étaient persuadés que je ne viendrais jamais à bout de surmonter les difficultés qu'elle m'avait suscitées, me voyant prêt à faire lever la toile, réunirent tous leurs efforts pour m'arrêter.

Ce même M. de Sauvigny qui m'avait d'abord mis sur la voie, & qui se trouve le premier dans l'ordre du tableau, vint accompagné des ſoi-diſants Commiſſaires ou Syndics de la ſuſdite Confrérie, & forma oppoſition à la repréſentation de ma Pièce, fondé ſur ce que le ſieur Brizard, devant revenir ſous peu de jours, il allait diſtribuer les rôles d'une Gabrielle d'Eſtrées (qui, par parenthèſe, n'a pas encore ſubi l'épreuve d'une ſeconde lecture, & que le Public pourrait bien attendre qu'elle fût ſue & répétée ; ce qui ne prendrait que deux ou trois ſemaines.

J'offris, pour lever toute difficulté, de m'engager par écrit à retirer Thamas-Kouli-Kan au milieu du cours de ſes repréſentations, dès que la Gabrielle ſerait prête à être jouée ... On aura peine à le croire, je fus refuſé, & l'on mit en uſage tous les moyens poſſibles pour faire perdre aux Comédiens une étude de ſix ſemaines. Heureuſement on n'a pas réuſſi ; & la Comédie, après avoir rempli toutes les formalités néceſſaires, & fait une délibération par laquelle elle renonçait ſpécialement au don que j'avais voulu lui faire

& m'appellait à part d'Auteur, ſe réſervant ſeulement, ainſi que je l'avais propoſé, d'interrompre ma Pièce dès qu'une autre ſerait prête, elle donna la première repréſentation de Thamas-Kouli-Kan trois jours avant l'arrivée du ſieur Brizard.

Il eſt maintenant aiſé de comprendre pourquoi elle fut ſi orageuſe, & pourquoi à quelques-unes des ſuivantes il s'eſt encore fait ſentir de petites bouraſques au milieu des morceaux les plus applaudis : le Public voit à préſent d'où eſt venu ce déchaînement preſque général des Littérateurs & agens, & pourquoi il a été inondé de tant de critiques ridicules, dont les Auteurs me doivent au moins un beau remerciement, pour avoir ſi complétement juſtifié leur eſprit de la décadence ſubite de goût, ou de l'ignorance des premières notions théâtrales dont ils avaient donné ſuffiſante occaſion de les ſoupçonner.

J'eſpère retirer auſſi un petit avantage de la connaiſſance que je viens de donner au Public de la ſituation reſpective de preſque tous les Auteurs & de moi.

Il voudra bien déſormais ne plus s'en raporter pour aucun de mes ouvrages qu'à lui-même ; il prendra la peine de les voir, ou de les lire, avant de croire aux déciſions des beaux eſprits auxquels j'ai le malheur de déplaire, ſans doute pour la vie : & moi, de mon côté, je ne reconnais pour juge que ce même Public, à qui, en dépit de tout, je compte conſacrer encore un bon nombre de veilles.

C'eſt par reſpect pour les perſonnes impartiales qui m'ont ſoutenu dans ce choc violent, que je vais ajouter ici quelques mots pour me juſtifier de n'avoir pas changé mon cinquième Acte, quoique le grand intérêt qu'inſpire Mirza faſſe toujours voir ſa mort avec regret.

Le ſuplice qu'a ſubi Mirza ayant un effet irréparable, il eſt phyſiquement impoſſible de lui faire un ſort heureux à la fin de la Pièce, il eſt donc néceſſaire qu'il meure, comme Zaïre & Oroſmane que la différence de religion empêche de devenir heureux. Car au Théâtre il n'y a pas de milieu, le bonheur ou la mort pour les principaux Perſonnages, c'eſt une règle inviolable. J'aurais pu ſauver Axiane, mais alors plus de motif à Mirza pour ſe tuer, deſorte que la gradation des trois morts les rend abſolument néceſſaires, ſans quoi il ſerait impoſſible de faire un dénouement, & les Acteurs reviendraient à la fin de la Pièce dans la même ſituation où ils étaient au commencement.

Je ſais que ce dénouement ne renvoie pas le Spectateur ſatisfait ; mais, outre qu'il eſt impoſſible d'en faire un autre conforme aux règles de l'Art, je prie d'obſerver que la Tragédie n'eſt rien moins qu'obligée de finir heureuſement: Ariſtote dit formellement qu'il faut préférer la cataſtrophe ſanglante à toute autre, & preſque toutes les Tragédies de nos Grands-Maîtres finiſſent par la mort des Perſonnages les plus vertueux. J'en cite entr'autres exemples Mahomet, où périſſent les trois Perſonnages intéreſſans.

Je prie donc le Public de vouloir bien ne me pas faire un crime d'avoir ſuivi ce qu'exigeaient mon sujet & l'Art, & de ne pas régarder les grands effets de la terreur comme trop forts pour nous, quoiqu'on ait voulu l'insinuer.

Comme c'est à-peu-près le seûl reproche grave que l'on m'ait fait de bonne-foi, c'est le seul auquel j'aie voulu répondre; je sàis qu'il en a fourmillé des milliers d'autres, & que l'impression va encore en faire naître de toutes parts & de toute espèce; je proteste d'avance que je ne perdrai pas mon tems à répondre à aucun, quoique je pusse les repousser presque tous avec assez d'avantage (*).

En conséquence, vous tous Critiques à l'heure, à la journée, à la quinzaine, au mois, divertissez-vous, ébaudissez-vous bien, tant mieux pour vous, grand bien vous fasse, vous ne me ferez sûrement aucun mal; & au contraire, il ne sera guères possible que dans le tas de contes-

---

* Mais à quoi sert un bouclier
Contre des traits que l'on méprise?
La critique vaut un laurier
Quand elle vient de la sottise.

bleus que vous allez nous faire, il ne vous échape par hasard quelque observation juste, alors je vous promets d'en faire tacitement mon profit. Je ne suis ni entêté ni stérile, avec ces deux qualités, si vous avez la complaisance de bien m'éplucher, je pourrai produire quelque chose de moins imparfait que mon coup d'essai : &, sans le vouloir, vous m'aurez rendu de vrais services en me mettant en état de plaire de plus en plus au Public ; & afin que vous ne vous imaginiez pas faire nombre parmi ceux que je desire intéresser, je vous déclare ici, une fois pour toutes, que je ne comprends sous ce nom de Public, que ceux qui ont reçu de la Nature, des yeux, des oreilles & un cœur ; il en est peu d'entre vous qui m'ait prouvé qu'il devait se ranger dans cette classe.

J'AI lu, par ordre de M. le Lieutenant-Général de Police, *Nadir, ou Thamas-Kouli-Kan, Tragédie*, & je n'y ai rien trouvé qui m'ait paru devoir en empêcher la représentation ni l'impression. A Paris, le 17 Octobre 1780. SUARD.

Vu l'Approbation, permis de représenter & imprimer. A Paris, le 17 Octobre 1780. LE NOIR.

NADIR,

OU

THAMAS-KOULI-KAN,

TRAGÉDIE.

Personnages.	*Acteurs.*
NADIR, *Roi de Perse & Usurpateur*,	M. de la Rive.
MIRZA, *fils de Nadir*,	M. Monvel.
ALI, *neveu de Nadir*,	M. Gramont.
AXIANE, *fille de Mohammed, Empereur du Mogol, promise à Mirza*,	Mlle Saintval.
FATIME, *suivante d'Axiane*,	Mde Suin.
MORAD, *chef de la garde de Nadir*,	M. Dorival.
SÉLIM, *ami de Mirza*,	M. Florence.
UN CONJURÉ,	M. Marsi.
Quatre autres Conjurés.	
Soldats.	

La Scène est à Ispahan.

NADIR,

NADIR, OU THAMAS-KOULI-KAN, *TRAGÉDIE.*

ACTE PREMIER.

SCENE I.

AXIANE, FATIME.

FATIME.

FILLE de Mohammed, en ces lieux étrangère,
Par la force arrachée aux mains de votre père,
Si vous avez gémi de ſuivre des Vainqueurs
Qui dans votre Patrie ont ſemé tant d'horreurs,
Vous voilà libre enfin : Nadir, dans ſa colère
Exerçant ſur ſon fils un ſuplice ſévère,

Semble vous affranchir du joug qu'il imposa,
Et ne peut plus, du moins, vous unir à Mirza.
Saisissez cet instant pour vous rendre à vous-même,
Pour rentrer dans les bras d'un père qui vous aime;
Demandez à Nadir à quitter Ispahan,
Et revenez encor embellir l'Indostan.

AXIANE.

Peut-être ce retour n'est pas en ma puissance,
Fatime ... Mais enfin, connais mon espérance:
D'un soin plus important tout mon cœur est rempli;
Ce n'est point à revoir, mais à venger Dehli
Qu'Axiane outragée ose aujourd'hui prétendre.
Ses trésors enlevés & ses Palais en cendre;
Au signal forcené d'une barbare voix,
Deux cens mille habitans égorgés à la fois:
Mon père, pour sauver les débris de son Trône,
Aux pieds de son Vainqueur flétrissant sa couronne,
Baisant, avec effroi, son bras ensanglanté,
Et contraint à signer un infâme traité:
Tels sont les souvenirs présens à ma pensée... (1)
Mais... du fils de Nadir la tendresse empressée
Quelquefois, je l'avoue, en charmait la douleur;
Et je ne savais plus appeller un malheur
L'instant où de Nadir la superbe arrogance
Exigea pour son fils une vaine alliance.

FATIME.

Quand vous fûtes conduite aux tentes de Nadir,
Votre cœur à regret y parut consentir,

Et d'une paix honteuſe on vous croyait victime.

Quoi! vous aimiez Mirza!

AXIANE.

Si je l'aimais! Fatime.

Dans l'état déplorable où Nadir l'a réduit,
Quand ſes yeux ſont couverts d'une éternelle nuit,
Aveuglé, dans les fers, c'eſt lui que je préfère
Aux plus illuſtres Rois dont ſe vante la Terre.

FATIME.

Je n'avais pas prévu que jamais ce ſéjour
Vous dût faire ſentir le pouvoir de l'Amour.

AXIANE.

Ce n'eſt point Iſpahan qui vit naître ma flâme;
J'y portai tous les traits qui pénetrent mon âme:
C'eſt au ſein du carnage, à l'inſtant où Dehli
Sous ſes débris fumans croulait enſeveli;
C'eſt lorſque des Perſans la fureur égarée,
Du Serrail & du Temple allait forcer l'entrée;
A ce moment terrible où j'aperçus Mirza;
C'eſt alors que l'Amour de ſes feux m'embrâſa...
J'étais avec mes Sœurs dans la ſainte Moſquée,
Où des Cieux vainement la puiſſance invoquée
Contre le fier Nadir, nous refuſait l'apui
D'un Dieu trop courroucé qui nous frapait par lui...
Je ne m'attendais plus qu'à périr la première,
Quand un jeune Guerrier tout couvert de pouſſière
Daigne accourir vers nous, &, le ſabre à la main,
A travers les Perſans s'ouvre ſeul un chemin.

» Amis, s'écria-t-il, reſpectez l'innocence;
» Reſpectez la beauté, Mirza prend leur défenſe:
» A ma prière enfin mon père s'eſt rendu,
» Que le ſang des Mogols ne ſoit plus répandu. »
A ces mots des Perſans les farouches cohortes
Semblèrent à regret abandonner nos portes...
Je tournai vers Mirza mes regards effrayés...
Déjà, chère Fatime, il était à mes pieds!
Déplorant de Nadir la fureur inhumaine,
Il craignait, diſait-il, de mériter ma haine.
Ah! s'il eût pu dès-lors lire au fond de mon cœur!
Qu'un ſentiment plus juſte y portait de douceur!
Soit qu'une âme éperdue, & que trouble la crainte,
Se trouve par l'Amour plus aiſément ateinte,
Soit qu'en effet Mirza méritât tous mes vœux,
Ni haine, ni courroux n'éclata dans mes yeux.
Je crus dans ce Héros voir un Dieu tutélaire;
Je voulus oublier quel monſtre était ſon père;
Des crimes du tyran je ne me ſouvins plus;
Je ne ſus que du fils adorer les vertus.

FATIME.

Mais pourquoi l'un à l'autre unis par vos promeſſes,
N'avez-vous pas alors couronné vos tendreſſes,
Puiſque Nadir lui-même en conçut le deſſein?

AXIANE.

De ces délais trompeurs accuſe le Deſtin,
Ou plutôt du Tyran connais la politique;
Aujourd'hui de ſon fils l'infortune l'explique.

Sa perte fut un coup dès long-tems médité :
Le Roi craint un revers qu'il a trop mérité.
Sans doute il aura vu, dévoré par l'envie,
Ce Prince généreux que bénissait l'Asie ;
Et tels sont les Tyrans, injustes, fiers & bas,
Ils ne pardonnent point les vertus qu'ils n'ont pas :
Cherchant leurs ennemis dans leur propre famille,
Ils redoutent l'éclat dont leur successeur brille,
Et c'est à leur couronne avoir fait un afront
Que d'oser un instant l'essayer sur son front.

FATIME.

Mais que prétendez-vous dans cette Cour barbare ?
Le malheur de Mirza pour jamais vous sépare :
Loin que de l'épouser vous conserviez l'espoir,
Vous devriez plutôt craindre de le revoir.

AXIANE.

Moi, le craindre ! Fatime ... Ah !... je voudrais encore
Prodiguer ma tendresse à l'objet que j'adore,
Consoler ses ennuis par les plus tendres soins ...
Il ne me verrait pas, il m'entendrait du moins !...
A ma voix, qui pour lui ne fut jamais sans charmes,
Ses yeux pourraient sécher leurs douloureuses larmes ...
Mais à des soins plus grands, Fatime, il faut songer ;
Le consoler est peu, j'aspire à le venger.
Je te l'ai déjà dit : l'auteur de sa misère,
L'effroi de l'Indostan, l'oppresseur de la Terre,
Ce Despote, dans peu va tomber sous des coups
Qui vengeront Dehli, mon père & mon époux.

FATIME.

Comptez moins sur l'effet d'une haine impuissante ;
Redoutez de Nadir la fortune constante :
Nous l'avons vu cent fois de piéges entouré,
N'en sortir que plus grand, plus craint, plus révéré.
Oubliez donc, Madame, un projet téméraire
Qui vous exposerait à toute sa colere ;
Ce colosse affermi ne se peut renverser :
Il briserait la main qui voudrait le percer.

AXIANE.

Par de vaines terreurs ne cherche plus, Fatime,
A détourner mon cœur du dessein qui l'anime :
Je ne me flatte point sur ce que j'entreprends ;
Le succès est douteux, & les dangers sont grands.
Nadir vit au milieu d'une Cour asservie,
Dont tous les bras vendus sont armés pour sa vie ;
Nadir est jusqu'ici le plus heureux des Rois...
Mais son fils qu'il oprime est tout ce que je vois —
Ne crois pas cependant qu'aveugle en ma vengeance,
Je néglige les soins d'une sage prudence ;
Aprends que cet Ali, ce neveu de Nadir,
M'a dévoué son bras, tout prêt à me servir.
Son zèle, le dirai-je, a passé mon attente :
Du malheureux Mirza l'exemple l'épouvante ;
Il craint qu'un sort pareil ne lui soit réservé,
Si par un coup heureux il n'en est préservé ;
Ou, peut-être, en secret ce jeune Prince espère
Règner au nom du fils en renversant le père ;

Et dans ſon triſte état Mirza ſemble aujourd'hui,
Pour régir un Empire, avoir beſoin d'apui.
Enfin contre Nadir la tempête eſt formée,
Et je dois par Ali bientôt être informée
Du jour, du tems, de l'heure, où ce fameux brigand
Au ſang qu'il répandit va confondre ſon ſang ;...
Mais je le vois paraître, à peine je reſpire :
Comment cacher l'horreur que ſon aſpect m'inſpire !

SCENE II.

NADIR, AXIANE, FATIME, MORAD.

NADIR.

Je vous cherchais, Princeſſe, & je viens vous calmer ;
Le ſort d'un fils rebelle a dû vous alarmer.
Vous pleurez, m'a-t-on dit, &, de frayeur émue,
Vers les bords de l'Indus vous tournez votre vue...
Ah ! daignez faire encor l'ornement de ma Cour ;
Vous n'avez rien, Madame, à craindre en ce ſéjour :
Avec ſévérité ſi je punis l'offenſe,
Je ſais avec douceur accueillir l'innocence.
Quoiqu'un traître n'ait plus le nom de votre époux,
Mes conſtantes bontés ſe répandront ſur vous :
S'il me faut renoncer à vous nommer ma fille,
Je veux par d'autres nœuds vous joindre à ma famille.
Des troubles de ma Cour n'ayez plus à ſouffrir,
Bientôt une autre main à vous pourra s'offrir.

AXIANE.

Seigneur, à vos décrets Axiane est soumise ;
Mais je n'oublierai point que ma main fut promise
Au plus grand des mortels, au premier, après vous ;
Et s'il faut renoncer à cet illustre époux,
On ne me verra pas, prodigant ma tendresse,
A de vulgaires nœuds descendre avec bassesse.
Au sang de Mohammed je sais ce que je dois ;
Je ne le ferai point rougir d'un second choix...
Ne croyez pas non plus, qu'en mes chagrins aigrie,
J'exige mon retour au sein de ma patrie :
A des yeux paternels je n'irai point, Seigneur,
Montrer un front chargé de quelque déshonneur ;
Mais d'un asile obscur le secours salutaire
Peut cacher dans ces lieux ma douleur solitaire :
Souffrez qu'en ce Sérail, achevant mes destins,
Je dérobe mes pleurs au reste des humains.

NADIR.

Oui, restez près de moi ; restez, belle Princesse,
Mais non point dans le deuil d'une sombre tristesse,
Mais non point dans la honte & dans l'obscurité :
L'éclat seul vous convient, il sied à la beauté...
Toute ma Cour s'opose à votre solitude ;
Moi-même de vous voir j'ai la douce habitude,
Et mon cœur ne pourrait s'en priver sans regrets —
Vous connaîtrez dans peu mes sentimens secrets :
Vous verrez, Axiane, à quel point je vous aime.
Allez attendre en paix ma volonté suprême.

SCENE III.

NADIR, MORAD.

NADIR.

Des pleurs de la Beauté, que l'aſpect eſt touchant !
Chaque mot d'Axiane ajoute à mon penchant :
Je veux que dans ce jour, lui dévoilant mon âme,
Elle apprenne qu'enfin je la choiſis pour femme.

MORAD.

Elle ne prévoit pas les deſtins glorieux
Dont l'éclat va fraper ſon œil ambitieux.

NADIR.

Des projets de ton Roi, ſecret dépoſitaire,
Morad, crois-tu qu'enfin je parvienne à lui plaire ?

MORAD.

Vous lui donnez bien plus qu'il ne lui fut promis ;
Et la gloire du père obtient l'oubli du fils :
Déjà par ſes diſcours vous auriez pu comprendre
Qu'à Mirza conſervant un ſentiment moins tendre,
Le rang que ſon hymen lui ſemblait aſſurer
Eſt le ſeul ſouvenir qui la faſſe pleurer :
Toujours l'ambition règne au ſein d'une femme,
Et ſous le nom d'amour fait enflâmer ſon âme.
Seigneur, ſoyez-en sûr ; un amant couronné
Au mépris d'un refus n'eſt jamais deſtiné :

On ne se montre point insensible, ou contraire
A l'offre d'une main qui fait trembler la Terre.

NADIR.

Morad, j'aime à le croire; il importe à mes vœux
De ne pas différer plus long-tems ces beaux nœuds:
J'ai besoin qu'Axiane, à mon sort attachée,
Me montre du bonheur la route encor cachée.
Au faîte des grandeurs mon cœur n'est point rempli;
Vingt sceptres dans mes mains, & tout l'or de Dehli
Ne semblent qu'irriter l'ardeur insatiable
Du plus grand des humains... & du plus misérable.

MORAD (*vivement.*)

Qui? vous, Seigneur!

NADIR.

Oui, moi: je le répete encor,
Misérable.

MORAD.

Comment?

NADIR.

Je connais le remord...
Depuis six mois entiers, ardent à me poursuivre,
Il déchire avec rage un cœur que je lui livre;
Des jours que j'accumule il me fait un fardeau;
A travers les tourmens il me traîne au tombeau,
Et je ne puis trouver contre lui de défense
Qu'à l'aspect d'Axiane, il cède à sa présence:
Tel est de sa vertu le sublime ascendant:
L'inflexible remord se taît en l'écoutant;

Il me fait moins sentir son ateinte cruelle,
J'ai cent fois éprouvé qu'il n'ose aprocher d'elle,
Et l'air que je respire en est plus épuré,
S'il est par Axiane avec moi respiré !...
Ami, tant de vertu, de beauté, d'innocence,
Entre le Ciel & moi doit prendre ma défense;
La foudre n'oserait me fraper dans ses bras,
Et du moins les remords ne m'y poursuivront pas.

MORAD.

Laissez, Seigneur, laissez de si tristes pensées:
Qu'à jamais de votre âme elles soient effacées.
C'est pour le crime obscur que les remords sont faits;
Ils n'accompagnent point d'aussi brillans forfaits:
La gloire qui les suit a droit de les absoudre;
Les Trônes ne sont point renversés par la foudre.

NADIR.

Je le veux... mais souvent, par d'invisibles coups,
La main d'un Dieu vengeur s'appesantit sur nous:
Tandis que les sujets adorent leur Monarque,
Qu'au dehors, du bonheur il affecte la marque,
Le dernier de son peuple est bien moins malheureux;
Le pauvre en sa misère a des jours moins afreux,
Si dans le fond du cœur il est irréprochable.
Soufre-t-il! par ses cris il touche son semblable;
On partage ses maux, on répond à sa voix;
On plaint son infortune... on ne plaint point les Rois!...
Tu frémirais, Morad, si tu pouvais connaître
Les souvenirs cruels qui tourmentent ton Maître.

J'ai conçu pour moi-même une effroyable horreur;
Le calme eſt ſur mon front, ... la rage dans mon cœur.
Que ne ſuis-je reſté dans la claſſe vulgaire
Où le deſtin plaça mon ayeul & mon père!
Dans mon ſein quel démon jaloux de mon bonheur
Alluma des combats la ſanguinaire ardeur,
Au Trône de mon Roi m'offrit la route ouverte,
M'aprit, en le flattant, à conjurer ſa perte? ... (2)
De combien de forfaits celui-là fut le prix!
Que de Chefs égorgés dont j'entends tous les cris!
Vois ma propre tribu détruite par la guerre,
Maudire encor le jour où m'enfanta ma mère: (3)
Vois la vapeur du ſang dont j'arroſai ces lieux
Entre le Ciel & moi former un voile afreux;
Ce matin même encor, l'aſtre qui nous éclaire
De rayons teints de ſang a frapé ma paupière:
Je vois du ſang par-tout, par-tout j'en ai verſé...

(*avec la plus terrible expreſſion.*)

Tiens, Morad, en voilà ſur cette main tracé: (4)
C'eſt celui des Thamas, de mes Rois légitimes,
Des peuples de Dehli, de tant d'autres victimes:

(*avec un redoublement d'horreur.*)

C'eſt le ſang de mon fils, c'eſt celui de ſes yeux:
Ah! de tous mes remords vois le plus furieux,
Celui dont la pourſuite à mon cœur eſt plus dure;
Tant le Ciel a pris ſoin de venger la Nature! ...

(*Il tombe aſſis en déſordre.*) *en ſoupirant.*

Car peut-être qu'enfin ma colère a puni

Un rival préféré, plus qu'un fils ennemi :
Et dans ſes vains projets, quelque fût ſon audace,
La clémence d'un père eût dû lui faire grace,
Si ma jalouſe ardeur n'eût étouffé pour lui
Cette même pitié qui me parle aujourd'hui :
Mais en livrant mon fils au plus cruel ſuplice,
L'amour dicta l'arrêt non moins que la juſtice.

MORAD.

Pourquoi vous rapeller ce fatal ſouvenir ?
Mirza fut criminel, vous dûtes le punir :
Ce Tartare inconnu, dont l'audace éfrénée
Oſa porter ſur vous une main forcenée,
Dans la forêt d'Olad, immolé par Ali,
Ne vit pas avec lui ſon crime enſeveli ;
Et quoiqu'il expirât ſans nommer de complices,
De celui qu'il ſervait il laiſſa des indices.
Souvenez-vous, Seigneur, de ce coupable écrit
Que Mirza ſupprimait, & qu'Ali découvrit :
La main qui le traça s'y déguiſant à peine,
Fut contre votre fils une preuve certaine ;
Et ne pouvant douter de ſon lâche atentat,
Il fallut le punir en criminel d'Etat,
Par ce commun ſuplice, inventé dans l'Aſie,
Qui fait perdre le jour en épargnant la vie ;
Des conſpirations trop juſte châtiment.

NADIR (*ſe relevant.*)

Je ne ſais quel ſoupçon m'agite en ce moment !
La preuve du complot par Ali fut donnée ...

Mais l'intérêt d'Ali ! ... Non, mon âme étonnée
Craint trop de découvrir l'afreuse vérité :
Que ce mystère reste en son obscurité !

MORAD.

Que jamais de Mirza l'image retracée
Ne revienne afliger votre auguste pensée ;
Que son crime & son nom demeurent dans l'oubli :
C'est trop s'en occuper ... Mais que vous veut Ali ?

SCENE IV.

NADIR, ALI, MORAD.

ALI.

De la rébellion, Seigneur, la main guerrière
Releve ses drapeaux couchés dans la poussière.
Les peuples du Seistan subjugués tant de fois
Ont osé de vos Chefs méconnaître les loix ;
Et ceux du Benader s'arment pour les défendre.

NADIR.

On veut encor du sang ; eh bien ! j'en vais répandre.
Ils sentiront ce bras qui les a terrassés ;
Du nombre des humains ils seront effacés :
Plus de pitié pour eux, plus de vaine clémence ;
Ils en ont abusé, c'est la plus grande ofense.
Qu'on prépare l'armée à quitter Ispahan ;
La foudre partira du sein du Korassan.

Ces lauriers sont, Ali, destinés pour ta tête.

ALI.

Commandez-moi, Seigneur, ma main est toute prête;
Animé, soutenu d'un seul de vos regards
La victoire en tous lieux suivra mes étendards.

NADIR.

Tu reçus de mon frère & les traits & le zèle;
Digne fils d'Ibrahim, comme lui sois fidèle :
Imite de Mirza la valeur ... sans l'orgueil!
De toutes ses vertus ce vice fut l'écueil.
Souviens-t-en : va; triomphe, & qu'en Héros féconde
La race de Nadir étonne encor le monde.

Fin du premier Acte.

ACTE SECOND.

SCENE I.

ALI, MORAD.

MORAD.

Quoi ! pour le vain honneur de dompter le Seiſtan
Vous ceſſez vos projets & quittez Iſpahan !
Seigneur, c'eſt vous conduire avec trop d'imprudence ;
On peut contre vous-même employer votre abſence :
Des ombres du myſtère une voix peut ſortir,
Et fraper, malgré vous, l'oreille de Nadir.
Je l'ai vu, de ſon fils regrettant le ſuplice,
Accuſer devant moi ſa trop prompte juſtice,
Craindre qu'on l'ait trompé, prononcer votre nom ;
Même en le rejettant écouter le ſoupçon.
D'un Tyran ombrageux craignez la défiance ;
De vos plus sûrs amis redoutez l'inconſtance :
Si vous vous éloignez , votre parti s'éteint ;
Et ce rang qui par vous déjà ſemblait ateint,
Ce Trône où vos deſtins vous marquaient une place,
Peut devenir le prix d'une plus prompte audace :
Quand la main qui conſpire eſt trop lente à fraper,
La victime à ſes coups ſait bientôt échaper.

ALI.

ALI.

Va, je n'ai pas besoin que ce discours m'enflâme,
Morad; l'ambition est le Dieu de mon âme;
A peine la raison eut-elle ouvert mes yeux,
Je tournai vers le Trône un regard envieux :
Je vis que de mes droits je ne devais attendre
Que l'honneur d'y toucher, & non pas d'y prétendre :
C'était trop peu pour moi. J'ai juré de régner,
N'importe dans quel sang il faudra me baigner;
Ne crains point qu'à ce vœu je me montre parjure.
Tu sais ce que j'ai fait, & par quelle imposture,
Du fils que j'ai perdu secret accusateur,
J'ose contre son père en être le vengeur;
Et comment Axiane, à mes discours trompée,
De servir son Amant croit mon âme occupée,
Sollicite ma main pour fraper ces grands coups,
A grossir mon parti met ses soins les plus doux,
Des amis de Mirza m'apuie & m'environne,
Et sert, sans le savoir, à me porter au Trône.
Car Mirza n'étant plus qu'un fantôme de Roi,
Bientôt tous les Persans se tourneront vers moi,
En m'offrant à genoux le sacré diadême
Que ma main semblera ceindre malgré moi-même.
Et tu pourrais penser que je serais déçu
Dans l'effet que j'attends d'un plan si bien conçu!
Ou que du faible honneur de guider une armée
Mon âme satisfaite, en serait désarmée!
Non, Morad, & cet ordre a trop su m'avertir

Que le coup suspendu doit à la fin partir.
Mais il faut qu'en ce jour Axiane décide
Les esprits incertains du parti qu'elle guide;
Je lui fais demander un secret entretien.

MORAD.

Mais, Seigneur, savez-vous quel étrange lien
Doit unir aujourd'hui Nadir à la Princesse?

ALI.

Dès long-tems dans son cœur j'ai surpris sa faiblesse;
J'en compte faire usage; & cet hymen fatal,
Des coups prêts à tomber doit hâter le signal.
Il faut de ce danger qu'Axiane informée,
Aux yeux de ses amis se présente alarmée,
Et pour rompre ces nœuds ne ménage plus rien.
Pour toi, près de Nadir sois toujours mon soutien:
Si son cœur se couvrait d'un soupçonneux nuage,
Fais servir ton adresse à conjurer l'orage:
Sur-tout de cet endroit tiens Nadir écarté,
J'ai besoin quelque tems d'agir en liberté.
Je compte, cher Morad, reconnaissant ton zèle,
Payer bientôt en Roi ton amitié fidèle...
On vient; c'est la Princesse. (*Morad sort.*)

SCENE II.

ALI, AXIANE.

ALI.

Ah! Madame, accourez.
Connaissez-vous les maux qui vous sont préparés?
Le Roi, qui pour son fils s'est montré si sévère,
Vient enfin d'expliquer ce terrible mystère:
Il vous aimait, Madame, & ses transports jaloux
L'auront porté sans doute à perdre votre Epoux.
Le cruel cesse enfin de contraindre sa flâme;
Sans honte, sans remords, il vous choisit pour femme.

AXIANE.

De tout ce que j'entends mes esprits confondus
Tiennent, avec effroi, tous mes sens suspendus.
Ali! combien d'horreurs vous m'avez dévoilées!
Que de calamités sont par moi rassemblées!
Ah! Mirza, c'est donc moi qui causai ton malheur!
C'est moi qui fis ton crime! il étoit dans mon cœur;
C'est celui de t'aimer, c'est celui de te plaire,
Je le vois: tout le reste était imaginaire. —
Hélas! je le croyais ce complot prétendu,
Où semblait de Mirza s'égarer la vertu.
Mais qui peut, en voyant un père inexorable,
Ne pas penser du moins que son fils est coupable?

Un père, dont le cœur doit toujours pardonner,
Quand il accuse un fils ne se peut soupçonner. —
Qu'il paraisse à mes yeux ce rival sanguinaire;
Que de sa cruauté prétendant le salaire,
De ma main indignée il aproche sa main,
Et je plonge à l'instant un poignard dans son sein,
Rendant graces au Ciel d'avoir été choisie
Pour fraper la première, & délivrer l'Asie.

ALI.

J'admire avec plaisir ces généreux transports;
Mais pour que Nadir tombe, il faut d'autres efforts,
Madame; & votre main faible, ou trop incertaine,
Au moment de fraper trahirait votre haine:
Il faut, pour ce grand coup, des bras plus assurés;
Déjà pour le hâter j'ai vu les conjurés:
J'ai soufflé dans leurs cœurs ce généreux courage,
Cette ardeur, des succès infaillible présage:
Par le nœud des sermens j'ai voulu les unir;
Mais une crainte encor semblait les retenir.
» De Mirza, m'ont-ils dit, nous vengerons la cause;
» Il n'est rien où pour lui notre amour ne s'expose:
» Mais nous voulons le voir; & ce n'est qu'en ses mains
» Que nous devons jurer de changer ses destins ».
Ensuite, sans détour, un d'eux m'a fait entendre
Qu'ils craignaient qu'à régner je n'osasse prétendre.
D'un semblable soupçon tout mon cœur a frémi,
Moi, qui n'aurais voulu que servir mon ami.
Vous le savez, Madame, & souvent sans mystère

Mon âme devant vous a paru toute entière :
C'eſt vous qui ſur Mirza voyant couler mes pleurs,
Vîntes me ſuplier de venger ſes malheurs ;
Et l'on m'oſe accuſer d'un indigne artifice !

AXIANE.

Je veux, de leurs ſoupçons réparant l'injuſtice,
Leur jurer qu'à Mirza votre entier dévouement
Pour ſon intérêt ſeul vous arme en ce moment.
Vous fûtes tous les deux amis dès votre enfance ;
Avec vous il voudra partager ſa puiſſance :
Et ſi vous ſoutenez les droits de mon époux,
Seigneur, c'eſt en effet les conſerver pour vous.

ALI.

Je ne prétends, Madame, aucune récompenſe
Que l'honneur précieux de venger l'innocence.
Mais, pour mieux raſſurer vos inquiets amis,
Quel qu'en ſoit le péril, cependant, j'ai promis,
S'ils voulaient en ſecret juſqu'ici s'introduire,
De leur montrer Mirza.

AXIANE.

Mais comment l'y conduire ?
Dans le fond des cachots vous ſavez trop, Ali,
Que l'ordre de Nadir le tient enſeveli.

ALI.

Aux menaces, à l'or, ſa garde s'eſt rendue ;
Vous l'allez voir paraître.

AXIANE.

O joie inattendue !

Que ne vous dois-je point, Prince trop généreux!...
Quoi! je vais le revoir! ô moment trop heureux!
Il efface lui seul une longue disgrace.
Mirza, le Ciel encor permet que je t'embrasse!...
De nos projets le sort n'est plus douteux, Seigneur,
Puisque le Ciel m'accorde une telle faveur.
Mais je crains, pardonnez à mon impatience,
Jamais les malheureux ne sont sans défiance,
Je crains de voir encor cet espoir m'abuser.

ALI.

Je cours presser ses pas; daignez le disposer
A seconder les soins que me dicte mon zèle:
Instruit de ce que j'ose ici pour sa querelle,
Qu'il dise à ses amis, sur-tout, de m'obéir;
Il ne faut que ce mot pour renverser Nadir.

SCENE III.

AXIANE (*seule.*)

Est-ce un songe flatteur? & l'ardeur de ma flâme
Par des illusions séduit-elle mon âme?
Mirza va donc venir!... Ah! sur-tout cachons-lui
Cet amour dont Nadir m'épouvante aujourd'hui:
La cause de ses maux l'y rendrait plus sensible;
Ce serait dans son sein porter un coup terrible
Que de lui dévoiler par quel destin fatal
Il tombait, innocent, frapé par un rival.

J'entends du bruit : on vient ! sans doute c'est lui-même.
Tout mon cœur élancé m'annonce ce que j'aime.
(*Mirza paraît.*)
Une main le conduit —— Ah ! bientôt c'est à moi
Que doit apartenir ce glorieux emploi. —
Je n'ose jusqu'à lui porter mon œil timide. ——
Ecoutons un moment. Il parle avec son guide ! ——
Hélas ! à cet aspect je ne me connais pas.
(*Elle se retire au fond du théâtre.*)

SCENE IV.

AXIANE, MIRZA, SELIM *son guide.*

MIRZA.

En quel endroit, Selim, conduisez-vous mes pas ?
Pourquoi m'a-t-on tiré de ce lieu solitaire
Où bientôt la douleur eût fini ma misère ?

SELIM.

On dit qu'un grand dessein, qu'on va vous confier . . .

MIRZA.

Ah ! du moins si c'était pour me justifier ;
Si Nadir connaissait enfin mon innocence,
J'en souffrirais mes maux avec plus de constance. —
Mais, dis-moi, d'Axiane, Ami, quel est le sort :
A la Cour d'Ispahan respire-t-elle encor ?

SELIM.

Oui, Seigneur.

MIRZA.

En ces lieux si tu la vois paraître,
Emmène-moi soudain : j'en périrai peut-être ;
N'importe, je l'exige. Offrirais-je à ses yeux
Des miens ensanglantés le spectacle hideux.
Mais que dis-je? cet ordre est sans doute inutile ;
Va, je n'inspire plus qu'une pitié stérile ;
De me fuir, elle-même a dû prendre le soin :
Quand l'espoir est perdu, l'oubli n'est pas bien loin...
Qui vient de me toucher ? Qui que vous puissiez être,
Laissez-moi ; laissez-moi.

AXIANE.

Peux-tu me méconnaître,
Cruel ! quoi ! tu n'es pas averti par ton cœur !

MIRZA.

Axiane !... est-ce donc de tendresse, ou d'horreur,
Que dans ses bras encor Mirza te presse émue ?...
Tes yeux ne se sont point détournés à ma vue !...
Laisse-moi te cacher ces traits défigurés.

(*Il met les mains sur ses yeux.*)

AXIANE.

Laisse-moi voir ces traits par la vertu parés.

MIRZA.

Axiane... jamais je ne verrai tes charmes.

AXIANE.

Sur tes mains quelquefois tu sentiras mes larmes.

MIRZA.

Le front chargé d'oprobre, & le cœur plein d'ennuis,

Peux-tu m'aimer encor dans l'état où je suis !

AXIANE.

Et toi, peux-tu douter d'une âme qui t'adore,
Quand ton malheur t'y donne un nouveau droit encore ! —
Mais, Mirza, ce malheur est prêt d'être vengé ;
Encore un jour, peut-être, & ton sort est changé.

MIRZA.

Je ne vous entends point : expliquez ce langage.

AXIANE.

Connais donc mon amour, & connais son ouvrage :
Tes fidèles amis, à ma voix ranimés,
Vont venir en ces lieux t'offrir leurs bras armés ;
Le généreux Ali va paraître à leur tête :
Ordonne de fraper, & la victime est prête.

MIRZA.

La victime ! ce mot, qui veut-il désigner ?

AXIANE.

Un barbare, un Tyran indigne de régner ;
L'opresseur de son fils...

MIRZA (*avec horreur.*)

Que dites-vous ? mon père !
Et vous ne craignez pas la céleste colère ?
O Dieu ! pardonne-lui ; l'amour l'aveugle, hélas !
Son cœur n'était pas fait pour de tels attentats.
Axiane, est-ce-là cette âme noble & pure ?
Avez-vous pu souiller ce don de la Nature ?
Quoi ! l'ombre du forfait aprocha votre sein ?

AXIANE.

J'ai dû concevoir tout contre ton aſſaſſin.

MIRZA.

Ah ! vous ne deviez rien oſer contre mon père.

AXIANE.

Ne nomme plus ainſi l'auteur de ta misère;
Ce titre révéré, le cruel l'a perdu.

MIRZA (*avec chaleur.*)

Dans le fond de mon cœur il lui fut toujours dû,
Et d'un père à ſon fils telle eſt la différence;
L'un peut bien oublier qu'il lui donna naiſſance,
Rien, lorſqu'il l'a proſcrit, ne vient lui retracer
L'être que de ſon cœur il voulut effacer;
Mais un fils gémiſſant ſous la main de ſon père
En conſerve toujours l'idée involontaire :
Dans ſon ſein chaque inſtant où l'air a pénétré
Lui dit que ſans un père il n'eût point reſpiré.
De l'auteur de ſes jours, oubliant l'injuſtice,
Il faut, ſans murmurer, que ſon fils la ſubiſſe.
De la main paternelle attendant le trépas,
Iſaac vit le coup, & ne s'en plaignit pas.
Mon cœur, comme le ſien, ſans crainte & ſans vengeance,
Se trouve conſolé par ſa ſeule innocence.

AXIANE.

Eh bien ! ſuis à loiſir cet effort de vertu;
Bénis, ſi tu le veux, la main qui t'a perdu :
Interdis à ton cœur juſqu'au moindre murmure;
Mirza, ſois à jamais l'honneur de la Nature.

Mais moi, je ne dois rien au barbare Nadir,
Des pleurs qu'il m'a coûtés je cherche à le punir :
L'Indostan envahi me crie encor vengeance :
De mon père accablé rappelle-toi l'offense.
Sont-ce-là des afronts qu'on doive pardonner ?

MIRZA.

Nadir sauva ses jours, qu'il pouvait terminer ;
La voix de la pitié par lui fut entendue :
Il remit sur son front sa couronne abattue. —
Mais ces instans de deuil, tu les dois oublier :
C'est moi qui pour mon père ose te suplier,
Fille de Mohammed, si ce nom le condamne,
Le père de Mirza doit fléchir Axiane.
Mais quoi ! rappelle encore à ton cœur irrité
Combien Nadir souvent te montra de bonté ;
Plus qu'aucun autre objet tu lui paraissais chère ;
Son front en te voyant devenait moins sévère :
Souvent à ton aspect pardonnant aux humains,
Sa foudre demeurait suspendue en ses mains.

AXIANE (*vivement.*)

Ah ! périsse l'instant où ce Tyran farouche
Sembla... (*à part.*) Non, cet aveu s'arrête sur ma bouche.

MIRZA.

Tu ne me réponds point !... Je ne puis t'attendrir ;
Je le sens trop... Eh bien ! cours immoler Nadir :
Conduis les conjurés ; que ta rage les guide :
Toi-même dans son flanc plonge ta main perfide ;
Mais, après ce forfait, du moins ne t'attends pas,

Teinte du ſang d'un père, à courir dans mes bras!
Axiane, autrefois de Mirza ſi chérie,
Ne ſera plus pour lui qu'une horrible Furie;
Jamais il n'entendra ſon nom qu'avec terreur :
Je dis plus, ſur moi-même expiant ta fureur,
De tes cruels deſſeins ſi mon père eſt victime,
Ma mort, au même inſtant, déſavouera ton crime.

(*Il fait un pas pour la quitter.*)

AXIANE.

Arrête, cher Mirza : cet effrayant diſcours
Anéantit...

SCENE V.

ALI, AXIANE, MIRZA, SELIM.

AXIANE.

ALI, venez à mon ſecours;
Venez contre un ingrat me redonner des armes :
Hélas! je ne ſais point réſiſter à ſes larmes;
Contre nous de ſon père il eſt le défenſeur.

ALI.

Que dites-vous, Madame ? eſt-il donc vrai, Seigneur ?
Quand nous ſommes tous prêts à ſervir votre cauſe,
A nos ſecrets deſſeins quel motif vous oppoſe ?
Qui peut vous retenir ? répondez ?

MIRZA.

La vertu,
Le seul bien que Mirza n'ait pas encor perdu...
Il en était un autre, & le cœur d'Axiane
Abjurant des projets que tout le mien condamne,
Déplorant mes malheurs sans vouloir les venger,
Se bornant à venir souvent les partager,
Dans le fond des cachots eût adouci mes peines:
L'amour & la vertu suporteraient mes chaînes;
Le bonheur eût encore accompagné ses pas.

ALI.

De quoi vous flattiez-vous? ne savez-vous donc pas
Qu'Axiane à jamais de vos bras arrachée
Doit au sort de Nadir ce soir être attachée?

MIRZA. (*il tombe dans les bras de Selim.*)

Que dites-vous? ô Ciel! l'ai-je bien entendu!

AXIANE *à Ali.*

Il succombe à ce trait, & je l'avais prévu:
Votre zèle imprudent devait encor lui taire
Le douloureux aveu de ce cruel mystère:
L'en avoir informé, c'est lui causer la mort.

ALI.

Pour le déterminer, il fallait cet effort.

MIRZA (*revenant à lui.*)

Quelle nouvelle horrible a frapé mon oreille!
Dans ce moment affreux je doute si je veille:
Mon cœur à ce seul coup n'était point préparé.
Grand Dieu! tu m'as puni, je n'ai point murmuré:

J'ai ſenti dans mes yeux s'éteindre la lumière ;
Tu m'as fait un tombeau de la Nature entière (*) ;
D'un père que j'aimais j'éprouvai le courroux.
Grand Dieu ! c'était donc-là le moindre de tes coups !

ALI.

Eh bien ! il faut, Seigneur, plein d'un noble courage,
Opoſer notre zèle à ce nouvel outrage,
Faire qu'un coup mortel terminant ſes deſtins,
En renverſant Nadir, arrête ſes deſſeins.
Voudriez-vous laiſſer une amante adorée
Aux mains de votre père indignement livrée ?

AXIANE.

Tu ne m'aimas jamais ſi tu tardes encor.

MIRZA.

Cruels ! ſauvez-moi donc de l'horreur du remord.

ALI.

Ah ! c'eſt trop balancer en ce moment extrême ;
Mais nous te vengerons, Mirza, malgré toi-même ;
Seuls, Axiane & moi, nous oſerons tenter
Les coups qu'à ton Tyran nous brûlons de porter ;
Peut-être ils ſeront vains, je vois notre imprudence ;

(*) Ceux qui ne ſeront pas contents de ce vers, parcequ'il reſſemble fortement à un d'Iphigénie en Tauride, pourront le changer pour celui-ci :

Le malheur a flétri l'éclat de ma carrière.

On a conſervé l'autre, malgré ſa reſſemblance, parcequ'il convient mieux à Mirza aveugle, qu'à Oreſte parricide, & qu'il n'eſt abſolument pour celui-ci qu'une expreſſion poétique.

Si tu l'avais voulu, prenant notre défenſe
Tes amis, à ta voix, ſe laiſſaient entraîner...
Mais notre exemple enfin peut les déterminer :
Ou ſi, dans nos deſſeins, notre courage échoue,
Axiane, elle-même, à la mort ſe dévoue :
Ton père, tu le ſais, ne pardonna jamais.

MIRZA.

Eh bien !... c'en eſt aſſez ; pourſuivez vos projets ;
Que tous les conjurés viennent par leur préſence,
Dans mon cœur incertain affermir la vengeance :
Vous me déterminez ; je ſens que cet inſtant
Au bonheur de mes jours devient trop important...
Vous pouvez tous les deux compter ſur ma promeſſe...
Cependant en ce lieu ſouffrez que je vous laiſſe ;
Je veux rendre le calme à mes eſprits troublés :
Lorſque tous nos amis ſe ſeront raſſemblés,
Vous pourrez auprès d'eux m'avertir de me rendre.
Axiane, il n'eſt rien que je n'oſe entreprendre :
Mais captivez encore un imprudent courroux,
Et me laiſſez le ſoin de diriger les coups. (*Il ſort.*)

ALI (*vivement.*)

Ne l'abandonnez pas ; & par vos ſoins, Madame,
Dans ſes nouveaux projets affermiſſez ſon âme :
Je cours chez nos amis, ſans perdre un ſeul inſtant,
Leur dire que le Prince en ces lieux les attend.

Fin du ſecond Acte.

ACTE TROISIEME.

SCENE I.

MIRZA, ALI, CINQ CONJURÉS,
SELIM *derrière Mirza.*

ALI.

AMIS, vous le voyez ce Prince généreux,
Des fureurs de Nadir, exemple malheureux;
Frémissez des excès du pouvoir arbitraire.
Si le fils ne fut point épargné par son père,
Est il quelqu'un de nous qui puisse se flatter
De voir le lendemain du jour qu'il peut compter?
Plus on a prodigué son sang pour le défendre,
Plus ce jaloux Tyran brûle de le répandre.
Vous le savez, Mirza fut son plus ferme apui;
Tel est le prix affreux qu'il a reçu de lui.
Mais je le vois, déjà cette image sanglante
Remplit vos cœurs d'ardeur bien plus que d'épouvante;
Vos fronts sont menaçans, vos yeux sont enflâmés;
Vous n'articulez plus que des sons mal formés:
Répétez avec moi le cri de la vengeance;
Qu'en ce jour, à nos pieds abattu, sans défense,

Le

Le Tyran satisfasse enfin à l'Univers.

LES CONJURÉS.

Sa mort fait tous nos vœux.

ALI.

Les momens nous sont chers;
Nadir à nos projets lui-même s'abandonne:
Ce soir à la Princesse il porte sa couronne;
Mais seul, & laissant loin l'appareil qui le suit:
C'est-là qu'il doit trouver une éternelle nuit.
Cependant quand le jour sera prêt à paraître,
Ispahan apprendra qu'il a changé de Maître,
Les soldats, dont j'ai su captiver les esprits,
De nos coups, s'il le faut, assureront le prix.

MIRZA.

Vous pouvez, dites-vous, disposer de l'armée?

ALI.

Oui, Seigneur; vous voyez de quel zèle animée
Ma main pour vous venger a su tout préparer.

MIRZA.

Ali, sur le succès pour mieux me rassurer,
Nommez-moi les amis armés pour ma querelle.

ALI.

Les voilà près de vous, brûlans d'un même zèle,
Shorab, Corban, Saleg, Abassy, Gélaïr;
Ce sont les cinq Guerriers tout prêts à vous servir.

UN DES CONJURÉS.

Oui, Mirza, de nos cœurs & de nos bras dispose:
C'est venger la vertu que de servir ta cause.

ALI.

Amis, pour ce grand coup allez vous préparer;
Il suffit : mais avant que de vous séparer,
Dans les mains de Mirza jurez qu'en cette place,
Cette nuit, amenés par une heureuse audace,
Vous viendrez tous les cinq mourir ou le venger.

MIRZA.

Oui, par un serment saint, je veux vous engager. —
Au nom du Ciel vengeur des crimes de la terre,
Jurez moi...

LES CONJURÉS.

Nous jurons...

MIRZA (*avec la plus grande expression.*)

de respecter mon père
De ne jamais sur lui lever vos bras armés,
D'abjurer les complots que vous avez formés,
Et de rester soumis à son pouvoir suprême.

ALI.

Ah! vous nous perdez tous : vous vous perdez vous-même

MIRZA (*vivement.*)

Mais de cet attentat pourquoi donc vous charger?
Que vous a fait Nadir pour vouloir l'égorger?
Vous tous, de ce dessein instrumens & complices,
A-t-il d'aucun de vous ordonné les suplices?
Vous, Ali, répondez : que vous fait mon malheur?
Du sceptre qui m'échape il vous rend possesseur :
Peut-être d'en jouir l'avide impatience
Vous portait à ce coup bien plus que ma vengeance.

Et vous, amis cruels, Gélaïr, Abaſſy,
Shorab, Saleg, Corban, répondez donc auſſi :
Que vous fit votre Roi pour oſer le proſcrire ?
N'êtes-vous pas ſous lui les premiers de l'Empire ?
Tout l'or des Nations à Dehly ramaſſé
Dans vos ingrates mains par ſon ordre eſt paſſé.
A-t-il ſur l'ennemi gagné quelque victoire
Sans vous en partager le butin & la gloire ?...
Oſez vous repentir, chers amis, mes malheurs,
Loin d'exiger du ſang, ne veulent que des pleurs.

ALI.

Non, ne le croyez pas ; il faut, malgré lui-même,
Le ſervir...

MIRZA (*avec indignation.*)

Me ſervir ! quelle fureur extrême
Vous porte à me venger quand je ne me plains pas ?
Ai-je ſollicité le ſecours de vos bras ?
Ali vous a trompés ; mais auriez-vous dû l'être ?
Juſqu'à ce point Mirza ſe peut-il méconnaître,
Qu'on l'oſe ſoupçonner du plus grand des forfaits ? —
(*avec la plus grande chaleur.*)
Mes amis, dans mon ſein il n'habita jamais
Le plus léger deſir de ce projet perfide :
Sentez-vous, comme moi, l'horreur d'un parricide ?
Repréſentez-vous donc, à mon ordre cruel,
Un poignard ſuſpendu ſur le ſein paternel.
Entendez-vous ce cri que jetterait la Terre ?
C'eſt à la voix du fils qu'on maſſacra le père. —

Mais si ce crime affreux était par moi permis ;
Vous-mêmes, frémissez, vous avez tous des fils ;
Quel exemple pour eux, si j'instruis leur enfance
Qu'un fils contre son père a droit à la vengeance ! —
Vous ne répondez point ! — chers amis, cher Ali,
Qu'à jamais ce complot soit caché dans l'oubli ;
Qu'en vos cœurs généreux votre vertu revienne ! —
Avant de vous quitter il faut que je l'obtienne...

(*avec exclamation.*)

Mais j'entends vos soupirs ! vous êtes attendris !
Dieu Puissant, fais le reste, & change leurs esprits !

UN CONJURÉ.

Mirza, le Ciel lui-même a parlé par ta bouche ;
Il n'est aucun de nous que ta vertu ne touche.
De quel fils généreux Nadir s'est-il privé !
Ah ! si nous l'épargnons, c'est toi qui l'as sauvé.

ALI.

Quoi ! vous m'abandonnez, âmes pusillanimes !
Songez donc ce qu'on risque à commencer des crimes ;
La trace s'en découvre...

SCENE II.

LES ACTEURS PRÉCÉDENS, MORAD.

MORAD.

Ah ! Seigneur, en ces lieux
Le Roi va, dans l'instant, se montrer à vos yeux ;

J'ai ſu le dévancer pour venir vous l'apprendre :
Il veut voir la Princeſſe.

MIRZA.

Et moi je veux l'attendre.

ALI.

Avez-vous oublié ſon ordre rigoureux ?
Ne vous chaſſa-t-il pas pour jamais de ſes yeux ?
Mais je vois vos deſſeins, en vos vertus extrême,
Vous voulez à Nadir nous dénoncer vous-même.
Entraîne-le, Selim, il y va de nos jours.

MIRZA.

Ciel ! contr'eux à mon père accorde ton ſecours.

(*On l'emmène.*)

SCENE III.

ALI, MORAD, LES CONJURÉS.

ALI (*aux Conjurés.*)

Vous dont je veux encore excuſer la faibleſſe ;
(*Les Conjurés ſortent.* (*A Morad.*)
Sortez, je vous rejoins. — Près du Roi je te laiſſe :
D'Axiane & de lui confident & témoin,
Recueille, cher Morad, leurs diſcours avec ſoin ;
De ce que tu verras viens auſſi-tôt m'inſtruire.
Au cœur des Conjurés j'eſpère encor détruire
Les effets dangereux des diſcours de Mirza :
Je connais ces eſprits que le ſort diſpoſa

A ſuivre tour-à-tour leur penchant vers le crime,
Et l'exemple impoſant d'une vertu ſublime.
Quoi qu'il en ſoit, la Perſe aura demain en moi,
Cher Morad, tu m'entends, un rebelle, ou ſon Roi.
Mais je vois Axiane, & ſes yeux pleins de larmes ...

SCENE IV.

AXIANE, ALI, MORAD.

AXIANE.

Le Roi me mande ici, vous voyez mes alarmes;
Sans doute à cet hymen qui me glace d'horreur
Le barbare Tyran vient diſpoſer mon cœur :
Ne pourriez-vous hâter l'inſtant de la vengeance?

ALI.

Madame, en nos projets n'ayez plus d'eſpérance;
Mirza vient de parler, ils ſont tous renverſés :
Nos amis à ſa voix ont été diſperſés.
Moi-même de Nadir, s'il connaît ce myſtère,
Il ne me reſte plus qu'à craindre la colère;
Et je vais de ce pas, cédant à mes deſtins,
(*à part.*)
Le fuir ... ou le fraper par des coups plus certains.

SCENE V.

MORAD (*dans l'enfoncement.*)

AXIANE.

QUOI ! ſur Mirza ma voix eſt reſtée impuiſſante !
Sa vertu trop ſévère a trompé mon attente.
Rien ne le touche plus. Ah ! Mirza, je le vois,
J'apelle en vain ce cœur qui m'aimait autrefois.
Les rigueurs de ton ſort auront changé ton âme ;
Le tems & le malheur auront éteint ta flâme.
Tu me verrais ſans peine, attachée à Nadir,
Avoir fait le ſerment de l'aimer — de mourir :
C'eſt le ſeul déſormais qui ſoit en ma puiſſance,
Puiſque tu m'as ravi tout eſpoir de vengeance.

SCENE VI.

AXIANE, NADIR, MORAD.

NADIR.

MADAME, j'eus un fils ; mais l'orgueil de ſon cœur
Sur lui de ma juſtice attira la rigueur.
Du nom de votre époux maintenant trop indigne,
Il ne doit plus prétendre à cet honneur inſigne.

Mais vous, qui du Mogol n'avez quitté la Cour,
Et n'avez consenti d'embellir ce séjour
Que sur la foi d'un nœud désormais peu sortable;
Du crime de Mirza vous n'êtes point coupable,
Madame, & ma bonté prétend vous conserver
Ce qu'avec lui le sort parut vous enlever.
Mohammed de Nadir n'aura point à se plaindre;
Nous fîmes un traité qu'il ne faut pas enfreindre:
Demeurez entre nous le gage de la paix;
Par de sacrés liens joignez-nous à jamais.
Que Mohammed flatté, quand il pourra l'aprendre,
Dans son vainqueur soumis ne trouve plus qu'un gendre;
Et qu'il avoue enfin que je vous ai rendu
Peut-être plus encor que vous n'avez perdu.
Je vous offre, Madame, un front couvert de gloire;
Un Empire puissant, quarante ans de victoire,
Le plus grand Roi d'Asie & le plus redouté.

AXIANE (*à part.*)

Ajoute donc, Tyran, & le plus détesté.

NADIR.

Vous vous troublez!

AXIANE.

Seigneur, Axiane étonnée
Contemple, avec terreur, sa haute destinée;
Et mes yeux ne sauraient, sans en être éblouis,
Regarder vos présens dont je sens tout le prix.
Vous m'avez bien connue, & mon âme flattée
De toutes vos grandeurs est sans doute enchantée;

Mais, Seigneur, un soupçon vient encor m'alarmer.
Je ne sais à quel point j'aurai pu vous charmer :
Dans un cœur occupé de gouverner le monde,
L'amour ne laisse pas de trace bien profonde,
Et celui qu'à mes yeux vous montrez aujourd'hui
N'est peut-être qu'un feu bientôt évanoui.

NADIR.

Que cette inquiétude est chère à ma tendresse!
Connaissez donc Nadir & toute sa faiblesse,
Et sachez que l'amour, que je bravai toujours,
M'attendait plus ardent au déclin de mes jours!
Dès long-tems à Mirza mon cœur portait envie;
Vous êtes le seul bien qui m'attache à la vie,
Et de secrets chagrins mon esprit tourmenté,
A mis en vous l'espoir de sa tranquilité.
Si d'un refus cruel vous m'aviez fait l'outrage,
J'ignore à quels excès j'aurais porté ma rage.
Oui, si de vos mépris il m'eût fallu rougir,
Peut-être l'un & l'autre on nous eût vus périr :
Toutes les passions en mon cœur sont extrêmes.

AXIANE.

Assure-moi donc bien s'il est vrai que tu m'aimes.

NADIR.

Je le jure à vos pieds.

AXIANE (*le repoussant avec horreur.*)

C'est où je t'attendais;
Pour prix de ton amour aprends que je te hais,
Assez & trop long-tems je me force à t'entendre,

Mon âme devant toi brûle de ſe répandre,
Connais-la donc auſſi. — Ton aſpect odieux
Jamais ſans m'irriter ne vint bleſſer mes yeux:
De Mirza que j'aimais en vain étais-tu père,
Je déteſtais en toi le fléau de la Terre.
Mais réponds: A quel titre as-tu pu te flatter
Qu'à t'aimer quelque jour je pourrais me porter?
Parle: Quels ſont tes droits? Qu'as-tu fait pour me plaire?
Qu'importent à l'Amour les palmes de la guerre?
Au Vainqueur de l'Aſie, à tes plus grands exploits,
Un ſentiment d'horreur eſt tout ce que je dois.
Je te dois plus encor: ta barbare furie,
Dis-moi, n'a-t-elle pas dévaſté ma patrie?
Mon époux (car ce nom que Mirza dut porter
Malgré toi dans mon cœur ſaura toujours reſter)
Ton fils n'a-t-il pas vu ſur ſa tête innocente
S'imprimer des forfaits la marque flétriſſante?
Tel fut le premier fruit de ton affreuſe ardeur,
Monſtre!... & c'eſt à ce prix que tu voulais mon cœur!

NADIR.

Madame, c'en eſt trop; modérez ce langage:
Nadir ne ſut jamais endurer un outrage:
Qui brave mon amour doit craindre mon courroux...

AXIANE (*vivement.*)

Non, non, je veux mourir; frape, j'attends tes coups:
Ajoute à tes exploits le meurtre d'une femme.

NADIR.

Ah! par combien de traits vous déchirez mon âme!

Le dépit, la fureur, la vengeance, l'amour
De ce cœur incertain s'emparent tour à tour :
Tantôt je veux punir un tel excès d'audace ;
Tantôt l'Amour tremblant me demande sa grace.

AXIANE.

Que je me plais au trouble où je te vois plongé !
Tu m'aimes, je t'abhorre, & ton fils est vengé.
C'est le comble des maux, c'est un suplice extrême
De se voir détesté par l'objet que l'on aime,
Eh bien ! pour ton tourment, je voudrais chaque jour
Pouvoir, comme ma haine, accroître ton amour :
Je voudrais que le Ciel m'eût donné plus de charmes
Pour te voir à mes pieds répandre plus de larmes :
Je voudrais que toujours tu m'offrisses ta main
Pour toujours t'accabler d'un plus cruel dédain ;
Ou si de l'accepter je pouvais me contraindre,
Il n'est point de fureurs que tu n'en dusses craindre :
Tu me verrais bientôt, pour te percer le sein,
Envelopper un fer des voiles de l'hymen ;
Ou des poisons subtils préparés par ma haine
Conduiraient dans tes flancs une mort plus certaine :
Tels seraient mes desseins ; tel serait mon espoir :
Ma main est à ce prix, ose la recevoir.

NADIR.

De cet emportement l'inconcevable offense
Mériterait sans doute une prompte vengeance :
Vous parlez de mon cœur & de sa cruauté,
Le vôtre le surpasse en sa férocité,

Jamais je ne conçus un transport si barbare.
Mais je veux excuser l'amour qui vous égare :
Rentrez, rentrez, Madame, & songez que Nadir
Pour la première fois différa de punir.

AXIANE.

Quoi ! même en cet espoir je me vois abusée ;
Je ne veux que la mort, elle m'est refusée !

SCENE VII.

NADIR, MORAD (*dans le fond*).

Le voilà donc perdu ce bien tant souhaité ! . . . .
Cette tranquille paix dont je m'étais flatté
Echape pour toujours à mon âme éperdue :
Me voilà seul en proie au remord qui me tue !
L'amour au désespoir y mêlant son horreur,
Semble encor l'enfoncer plus avant dans mon cœur.
Mais n'est-ce pas Sélim ?

SCENE VIII.

NADIR, MORAD, SÉLIM.

SÉLIM.

Excusez mon audace ;
Seigneur ; au nom d'un fils je demande une grâce,

C'eſt de vouloir l'admettre un inſtant devant vous ;
Et qu'il lui ſoit permis d'embraſſer vos genoux.

NADIR.

A-t-il donc oublié la ſévère défenſe
Qui l'a, ſans nul retour, banni de ma préſence ?
Et toi-même, Sélim, méconnais-tu la loi
Qui punira ſon nom prononcé devánt moi ?
Tu mérites la mort.

SÉLIM.

Seigneur, prenez ma tête ;
Vous la pouvez proſcrire, & vous la voyez prête :
Mais comment réſiſter aux pleurs de votre fils ?
Sa voix a pénétré tous mes ſens attendris.
« Cher Sélim, m'a-t-il dit, va-t'en trouver mon père ;
« Aprens-lui que je touche à mon heure dernière,
« Que je ne me plains point des maux que j'ai ſoufferts,
« Que je ne prétens pas lui reprocher mes fers ;
« Mais enfin, que ma mort me ſera moins cruelle,
« Si je puis émouvoir ſa pitié paternelle ;
« Qu'un ſecret que je dois à lui ſeul révéler,
« Exige qu'à ſes pieds je puiſſe lui parler,
« Qu'enſuite loin de lui, ſi ma voix l'importune,
« J'irai de mes deſtins achever l'infortune ».

NADIR.

Eh bien ! je le verrai, que l'ordre en ſoit donné :
Dans une heure, Sélim, qu'il me ſoit amené :

(*Sélim ſort.*)

Peut-être en ce moment c'eſt le ciel qui l'envoie

Pour dissiper le trouble où mon âme est en proie.
(*à Morad.*)
Cependant au conseil assemblé par ma voix,
De mes derniers décrets je vais dicter les loix,
Et, proscrivant enfin un peuple téméraire,
Précipiter d'Ali le départ necessaire.

Fin du troisième Acte.

ACTE QUATRIÈME.

SCENE I.

AXIANE, FATIME, MORAD.

MORAD.

Tandis que de Nadir l'aveugle confiance
Entre les mains d'Ali dépose sa puissance,
Et pense ne l'armer que contre le Seistan,
Sans prévoir un péril plùs prochain & plus grand,
Madame, osez paraître au milieu de l'armée :
Souvent par la beauté la valeur animée
Fait de plus grands exploits, frape des coups plus sûrs.
On saura vous guider par des chemins obscurs
Jusqu'au palais du Prince, & dès cette nuit même
Votre cœur se verra rejoint à ce qu'il aime.

AXIANE.

Mais, Morad, dites-moi, par quels moyens Ali
A su, malgré Mirza, rassembler son parti,
Et de tous ses projets a renoué la trame.
Quoi ! l'armée est pour nous?

MORAD.

N'en doutez pas, Madame,

Ce grand corps, composé de peuples différens,
A des murmures sourds est livré dès long-temps;
Nadir a fatigué leur longue patience;
Dans plus de cent combats il usa leur vaillance;
Persans, Usbegs, Afgars, tous sont las de sentir
Un joug que chaque instant paraît apesantir.
Profitons-en, Madame, & par votre présence
Venez dans tous les rangs inspirer la vengeance;
On connaît pour Mirza vos constantes ardeurs;
Et vous acheverez de décider les cœurs.
Ali peut-il compter que, secondant son zèle....?

AXIANE.

Oui, Morad, j'irai joindre un ami si fidèle.

FATIME.

Quoi! vous voulez, Madame, au milieu des combats
Aller risquer des jours....

AXIANE.

J'irai, n'en doute pas.
Je vois tout le danger: mon sexe est né timide;
Mais il ne craint plus rien lorsque l'amour le guide...
O ciel! Nadir paraît.

MORAD.

Craignez de l'irriter;
Et pour le tromper mieux, gardez-vous d'éclater.
Mais de cet entretien abrégez la durée,
Et fuyez aussi-tôt par la porte sacrée.

SCENE

SCENE II.

NADIR, ALI, *Suite.* MORAD *dans le fond.*

NADIR.

Ali, je vous l'ai dit, partez sans différer:
Tel qui perdit un jour ne le peut réparer.
Ne méprisez jamais chez un peuple rebelle
De la sédition la première étincelle:
Si des soins négligens la laissent allumer,
C'est un feu qui bientôt saura tout consumer.
Sur des murmures sourds tandis qu'on délibère,
De nombreux bataillons couvrent déjà la terre;
Et le mal, qui d'abord s'annonçait sans éclat,
A dans peu de momens infesté tout l'Etat:
Sous la race d'Hussein la Perse déchirée
En a donné l'exemple à l'Asie éplorée;
Moi-même, quand j'ai dû punir des mécontens,
Et la foudre & l'éclair partaient en même temps.
Demain, sans plus tarder, quittez donc cette enceinte;
Que le Seistan surpris en frémisse de crainte.
Mes ordres sont donnés: déjà Chefs & Soldats
Attendent le signal pour marcher sur vos pas;
Ils vous obéiront, Ali, comme à moi-même.

ALI, *d'un ton faux.*

Je saurai me servir de ce pouvoir suprême:

Vous verrez que le soin qui par vous m'est commis,
En de plus sures mains ne peut être remis.
Je vais au même instant rassembler votre armée;
Demain au point du jour elle sera formée;
Et je cours chez les Chefs leur inspirer l'ardeur
Qui doit guider mon bras, & pénétrer mon cœur.
(*Il donne un coup d'œil à Axiane.*)

SCENE III.

AXIANE, NADIR, MORAD.

NADIR *à Morad.*

J'AIME à voir dans Ali ce courage & ce zele!
(*à Axiane.*)
Et vous, Madame, & vous dont la haine cruelle
Aux plus affreux tourmens a dévoué mes jours,
Tantôt à vos transports laissant un libre cours,
Vous m'avez accablé de tout ce que la rage
Peut assembler d'affronts, de mépris & d'outrage.
Mais enfin votre cœur, s'il veut y réfléchir,
Trouvera des raisons pour se laisser fléchir.
Fille des Souverains, l'univers vous contemple;
De la soumission vous lui devez l'exemple.

AXIANE.

Sans vouloir décider quel exemple je dois,
Sur mon sort, sur mes jours, exercez tous vos droits,

J'y souscris : mais l'amour, libre en son influence,
N'obéit point aux Rois, il brave leur puissance ;
Et feindre devant eux ce qu'on ne peut sentir,
C'est les trahir, Seigneur, & non leur obéir.

NADIR.

Ah ! croyez-moi, malgré votre haine constante,
Je sais un sûr moyen de remplir mon attente ;
De vaincre vos refus je garde encor l'espoir....
Si Mohammed sur vous conserve du pouvoir ;
Si .... son intérêt parle à votre âme attendrie ;
Sur-tout si vous aimez encor votre patrie,
Il ne vous reste plus qu'à souhaiter nos nœuds....
Mais si vous persistez à rejetter mes vœux,
Aux portes de Dehly je puis encor paraître ;
Pour la seconde fois je peux m'en rendre maître ;
Et si vous n'arrêtez mon bras victorieux,
Vous ne me verrez plus qu'un tyran furieux ;
Tout deviendra l'objet de ma juste vengeance :
Oui, tout me répondra de votre résistance :
Dehly noyé de sang, s'abîmant embrâsé,
Sous son trône abattu votre père écrâsé,
Tels seront les excès où montera ma rage ;
Ne vous en plaignez pas, ce sera votre ouvrage.

AXIANE.

Sur le sort de Dehly j'ai versé trop de pleurs
Pour l'exposer encore à de nouveaux malheurs :
L'intérêt de mon père est le seul qui m'anime ;

Au bien de ma Patrie il faut une victime :
Mon cœur, mon triste cœur, ne doit plus hésiter....
Quoi qu'il en soit enfin, Seigneur, pour éviter
Les maux dont vôtre bouche aujourd'hui me menace,
Laissez-moi consulter ce qu'il faut que je fasse.
Je vais, dans ce dessein, me soustraire à vos yeux,
Demain, Seigneur, demain vous me connaîtrez mieux.

SCENE IV.

NADIR, MORAD.

NADIR.

QUEL changement! Morad; & quel heureux présage!
A peine le murmure a marqué son langage!
Ah! si du mien son cœur pouvoit se rapprocher!....
(*avec chaleur.*)
O Ciel! inspire-lui de se laisser toucher.
Le bonheur de l'empire & le repos du monde
Demandent qu'à mes vœux Axiane réponde.
Si je pouvois m'en voir tranquille possesseur,
Par elle les vertus renaîtraient dans mon cœur :
Je jure à mon amour, si tu la rends sensible,
De consoler la terre & la laisser paisible,
D'adoucir de mon joug le fer ensanglanté,
De n'imiter enfin de toi que la bonté.....
Mais je vois cet objet des vengeances d'un père
Qui traîne jusqu'à moi son horrible misère.

SCENE V.

NADIR, MIRZA, SELIM; MORAD *se retirant au fond du Théâtre.*

MIRZA (*à Sélim.*)

J'ENTENDS sa voix ! Sélim, conduis-moi près de lui;
Il me faut à ses pieds expirer aujourd'hui...
O vous qu'un malheureux n'ose nommer son père,
Du moins en ce moment voyez-moi sans colère.

NADIR.

Eh bien ! que voulez-vous ?

MIRZA.

Ce que je veux, Seigneur !...
Vous parler, vous entendre, & mourir de douleur:
Mais d'abord à vos yeux prouver mon innocence,
Peut-être à la pitié forcer votre vengeance.

NADIR.

Epargnez-moi plutôt d'inutiles discours.

MIRZA.

Un mot me suffira... Je viens sauver vos jours !

NADIR.

Mirza, que dites-vous ?

MIRZA.

Oui, Seigneur, on conspire;
On veut vous arracher le jour avec l'Empire.

Il est près d'éclater ce complot odieux.

NADIR.

D'où pouvez-vous savoir ce dessein furieux ?

MIRZA.

Son auteur a pensé que mon âme irritée
A servir ses projets pourrait être portée ;
Il avait en mon nom séduit les Conjurés :
Cinq pour ce meurtre horrible étaient tout préparés,
J'ai paru devant eux ; & ma voix gémissante
Semblait déjà calmer leur fureur menaçante,
Mais leur Chef courroucé m'a fait rentrer soudain :
Et je crains qu'en secret il n'arme encor leur main.

NADIR.

Quel est l'audacieux que ce dessein anime ?

MIRZA.

J'ai rempli mon devoir en révélant le crime ;
Mais ma bouche s'impose un silence éternel
Quand vous me demandez le nom du criminel.

NADIR.

Si vous taisez le nom de son auteur infâme,
Vous m'aurez vainement dévoilé cette trame :
Méconnaissant la main d'où le coup doit partir,
De ses pieges cachés comment me garantir ?

MIRZA.

Pour rendre le repos à votre âme alarmée,
Seigneur, assurez-vous d'abord de votre armée ;
Soyez-en seul le Chef : ce glorieux emploi
Fait à la fois l'honneur & la garde d'un Roi ;

Souvent chez un ſujet cette importante place
Le ſollicite au crime en flattant ſon audace.

NADIR (*vivement.*)

Ah ! par ces mots mes yeux à la fin ſont ouverts.
Morad, qu'on cherche Ali ; qu'il ſoit chargé de fers...

(*Morad ſort.*)

Le traître ! ſes grandeurs ont été mon ouvrage !
La plus honteuſe mort deviendra ſon partage :
Je veux que ſes tourmens puiſſent épouvanter
Quiconque à l'avenir prétendrait l'imiter.

MIRZA.

Moi, Seigneur, j'oſe ici vous demander ſa grace ;

(*Il tombe à genoux un peu éloigné.*)

Daignez me l'accorder par ces pieds que j'embraſſe.

NADIR (*le regardant avec attendriſſement, enſuite l'embraſſant avec tranſport.*)

Toi ! reſter à mes pieds !... Viens dans mes bras, mon fils.

MIRZA (*avec éclat.*)

Vous me rendez ce nom ! tous mes maux ſont finis ;
Ils ſont tous oubliés, j'ai retrouvé mon père !...
Mais enfin ce retour, cette faveur ſi chère,
Sans le crime d'Ali je n'en jouïrais pas ;
Je lui dois le bonheur d'être encor dans vos bras :
Ces inſtans ſont trop purs pour que rien les altère ;
Laiſſez donc à ma voix fléchir votre colère :
Ne livrez pas mon cœur à l'éternel ennui
D'avoir cauſé la mort d'un parent, d'un ami :
Que ce jour fortuné s'achève ſans alarmes ;

Qu'à personne, Seigneur, il ne coûte de larmes;
Et que de mon bonheur tous les cœurs soient heureux.

NADIR.

Montre-moi pour Ali des soins moins généreux;
Il osa t'accuser : ce fut sa bouche impure
Qui flétrit ta vertu du cri de l'imposture;
Il fut de tous les deux le plus grand ennemi,
Et je pourrais encor le laisser impuni!
On ne sait pas régner quand on épargne un traître;
Trop de bonté, mon fils, tous les jours en fait naître.
Je suis las, à la fin, de voir tant de complots;
J'ai répandu du sang; j'en verserai des flots.

MIRZA.

Laissez-moi dévoiler l'erreur qui vous égare:
Du sang de vos sujets montrez-vous plus avare;
Pardonnez: j'ose ici faire entendre ma voix;
Mais sur vous mes malheurs m'ont donné quelques droits.
Si vous voulez, Seigneur, que, par un sort propice,
De ces nombreux complots la source enfin tarisse,
Que ce bras quelquefois se laisse désarmer;
Vous ne fûtes que craint, daignez vous faire aimer.
C'est par l'attrait touchant d'une sage clémence
Que l'on force les cœurs à la reconnaissance;
L'inéxorable loi de la sévérité
Fait le malheur du Prince, & non sa sûreté.
Mais l'amour des sujets du Trône est la défense;
C'est contre les complots la plus douce assurance.
Sur les Rois de l'Europe arrêtez un regard;

Des cœurs de tout leur peuple ils se font un rempart :
On les voit confondus dans une foule immense ;
L'amour & le respect marquent seuls leur présence.
Leur vue à leurs sujets n'inspire aucun effroi ;
Ils ne se disent point, *cachons-nous*, *c'est le Roi !* (5)
Mais vous, fiers Potentats de l'Asie enchaînée,
Lorsque vous vous montrez à la terre étonnée,
Vous semez devant vous une morne terreur.
Dès que vous paraissez, l'avouerai-je, Seigneur,
Des esclaves gagés par vos Ministres même,
Disent, *Vive Nadir*, mais tout bas on blasphême.
Telle est la vérité, Seigneur, je vous la dois ;
C'est le plus beau présent qu'on puisse faire aux Rois.

NADIR.

J'en reçois la lumière avec reconnaissance ;
Mais cesse pour Ali d'exciter ma clémence...
Dis-moi, dis-moi plutôt, par quels soins adoucir
L'injustice du sort que je t'ai fait souffrir ?
Quels que soient tes desirs, je suis près d'y souscrire :
Parle, Mirza, veux-tu partager mon Empire ?

MIRZA.

Mes vœux n'eurent jamais le Trône pour objet :
Aimez-moi, plaignez-moi, je serai satisfait —
(*timidement.*)
Mais si l'effet cruel d'un suplice sévère
A porté les regrets dans le sein de mon père,
J'oserai m'expliquer... Dans l'excès du malheur
Axiane toujours m'a conservé son cœur ;

A l'aſpect effrayant de mon état horrible,
Il s'eſt encor montré plus tendre & plus ſenſible...
Ah! ſi de notre hymen s'allumaient les flambeaux,
Oui, Seigneur, je le ſens, j'oublierais tous mes maux:
Je ſais trop qu'aujourd'hui, pour une âme vulgaire,
J'aurais perdu le droit de l'aimer, de lui plaire;
Mais Axiane encor veut ſe laiſſer charmer:
Et tant qu'il reſte un cœur, on peut encore aimer.

NADIR.

Axiane, dis-tu, conſentirait peut-être...
(*à part.*)
Du trouble qu'il me cauſe à peine je ſuis maître...
(*haut.*)
Je voudrais... ton bonheur...

MIRZA (*vivement.*)

Je n'attendais pas moins;
Je reconnais mon père à ces généreux ſoins:
Si ſon cœur ſe laiſſa ſurprendre à l'impoſture,
Il n'a point étouffé la voix de la Nature;
Dès qu'il peut l'écouter, l'intérêt de ſon fils,
Sans délai, ſans partage, occupe ſes eſprits.
Hélas! dans vos regards que ne puis-je encor lire,
Et contempler ce front où la grandeur reſpire!
Sans doute j'y verrais un préſage flatteur.

NADIR.

Crains plutôt de pouvoir pénétrer dans mon cœur.
Ah! ſi tu connaiſſais tous les maux qu'il éprouve,
Dans quel affreux état ce cœur ſi fier ſe trouve;

C'eſt alors que le tien, juſtement indigné,
Devrait ſe repentir de m'avoir épargné.
Je tremble de t'apprendre un coupable myſtère.
Que tu vas me haïr !

MIRZA (*avec exclamation.*)

Moi, vous haïr, mon père!
Ah! jamais, non jamais : vous me connaiſſez mal.

NADIR.

Je fus ton opreſſeur ; je ſuis plus ... ton rival.
(Tu frémis, je le ſens, & déjà tu m'abhorres :
Je vois couler les pleurs qu'en ſecret tu dévores.)
Oui, dans ce moment même où, pour ſauver mes jours,
Du fond de tes cachots tu viens à mon ſecours,
J'ai voulu, dévoré par une ardeur funeſte,
Te ravir, t'arracher, le ſeul bien qui te reſte ....

MIRZA.

Je le ſavais, Seigneur ; mais vos jours en danger
Etaient le ſeul objet auquel j'ai dû ſonger :
Et quoiqu'à tous mes vœux vous devinſſiez contraire ;
Une voix me criait : *Mirza, ſauve ton père,*
Sauve un ſi cher rival : écoute dans ce jour
Les droits de la Nature avant ceux de l'Amour :

NADIR.

Et c'eſt-là ce Mortel que, père impitoyable,
Sur de faibles ſoupçons j'oſai croire coupable !
De combien de remords je me ſens déchirer ! —
Mais un deſſein plus juſte enfin vient m'inſpirer :
De l'effort inoui de ta vertu ſublime,

Mirza, je ne veux pas que tu sois la victime :
Ce que le monde entier n'aurait pas obtenu,
Quoi qu'il doive en coûter, je l'offre à ta vertu;
Je te rends Axiane, & je n'y puis survivre.

MIRZA.

Calmez le désespoir où votre âme se livre.

NADIR.

Mon fils, j'ai, quarante ans, vécu sans rien aimer;
Les grandeurs m'entouraient sans pouvoir me charmer,
Et mon cœur, égaré de victoire en victoire,
En cherchant le bonheur ne trouva que la gloire.
Enfin il arriva ce moment si fatal
Où je vis Axiane, & devins ton rival.
Depuis le premier jour où je le sentis naître,
Je combats ce penchant dont je ne suis plus maître;
Vois combien par l'amour mes sens sont captivés!
C'est en vain que par toi mes jours seraient sauvés;
Leur durée odieuse est un présent funeste
S'il faut sans Axiane en consumer le reste.
Que cet Ali paraisse un poignard à la main,
Toi-même, en te vengeant, viens déchirer mon sein:
Vous ne me verrez point contre vous me défendre;
J'abandonne ma vie à qui la voudra prendre.

MIRZA.

Cruel! pouvez-vous bien me tenir ce discours
Quand mon soin le plus cher est de sauver vos jours.
Mais si vous écoutez le transport qui vous guide,
Vous m'aurez donc rendu malgré moi parricide,

De mon père & mon Roi j'aurai causé la mort,
Et l'innocence aussi connaîtra le remord !

NADIR.

Ne te reproche rien ; laisse expirer ton père
Victime d'un amour qu'il n'a pu satisfaire.
Dans mon sein le desir est un feu dévorant
Que l'obstacle alimente & rend encor plus grand ;
Son ardeur, cette fois, est d'autant plus terrible
Qu'il n'avait jusqu'ici rien trouvé d'impossible :
L'Univers connaît trop que jamais un desir
Ne fut en vain conçu dans le cœur de Nadir.
Pour remplir les souhaits de mon âme obstinée
Mille fois j'ai forcé la Nature étonnée ;
J'ai suspendu son cours, j'ai renversé ses loix :
Les espaces, les tems s'aprochaient à ma voix, (6)
Je n'ai rien épargné, soins, travaux, vertu, crime ;
De mes desseins secrets toi-même fus victime ;
Et peut-être pourrais-je en mon jaloux transport,
D'Axiane elle-même un jour causer la mort :
Prévenons par la mienne un coup aussi barbare,
Terminons un amour dont la rage m'égare.
Pour la dernière fois, mon fils, embrasse-moi,
Vis avec Axiane, adieu, mon fils.

(*Il le serre dans ses bras & s'éloigne.*)

MIRZA.

Eh ! quoi
Vous me quittez Seigneur ! ... arrêtez ... ah ! mon père,

(*Il tombe à genoux, & lui tend les bras en supliant.*)

Cher auteur de mes jours, écoute ma prière,
Arrête, & connaîs-moi.

NADIR (*revenant, & le relevant.*)

Mirza, que me veux-tu?

MIRZA.

Vous l'emportez enfin dans mon cœur combattu,
Plus d'hymen, plus d'hymen... ce cruel ſacrifice,
C'en eſt fait, j'y conſens... il faut qu'il s'accompliſſe...
Je veux à la Princeſſe ici rendre ſa foi:
Faites qu'elle paraiſſe un inſtant devant moi.

NADIR.

Si tu peux te réſoudre à cet effort inſigne,
Moi, ſi je l'acceptais, je m'en rendrais indigne:
Je connais trop l'Amour & ſon cruel pouvoir
Pour ne pas preſſentir qu'un mortel déſeſpoir
Serait bientôt pour toi le prix du ſacrifice.

MIRZA (*avec nobleſſe.*)

Eh bien, Seigneur, s'il faut qu'un de nous deux périſſe,
De preſſans intérêts en décident le choix.
Tout l'Empire à genoux vous parle par ma voix;
Contre les Potentats de Moſcow, de Bizance,
Si vous l'abandonnez, qui prendra ſa défenſe?
Pour aſſurer ſa gloire, ainſi que ſon repos,
Vivez, vivez, mon père, il lui faut un Héros.
De la Perſe, ſans vous, la ſplendeur eſt flétrie:
Moi, je n'ai plus qu'un cœur pour ſervir ma Patrie;
Je l'offre, je l'immole, & je ſaurai du moins...

SCENE VI.

MORAD, LES ACTEURS PRÉCÉDENS.

MORAD.

Ah! Seigneur, pardonnez; Ali, malgré nos ſoins,
Déjà de ſon Palais avait ſu ſe ſouſtraire.

NADIR.

En vain il ſe dérobe à ma juſte colère :
Je veux ...

MORAD.

Vous ignorez encor ſes attentats :
Il a ſu s'attacher vos plus braves ſoldats ;
Dans le ſein d'Iſpahan la révolte eſt ſemée,
Vers les murs du Serrail il fait marcher l'armée.

NADIR.

Le rang dont en ce jour j'ai voulu l'honorer,
Avec plus de ſuccès lui ſert à conſpirer! ...
Mais je ſaurai bientôt réprimer tant d'audace ;
Les traîtres n'oſeraient me regarder en face.
Allons, Morad, ce bras va décider mon ſort,
Et ce glaive ſur eux fera voler la mort.

(*Il ſort le ſabre à la main.*)

MIRZA.

Dieu puiſſant, pour courir au ſecours de mon père,
Dans mes yeux, un inſtant, fais rentrer la lumière !
Mais ſuivons-le, Selim, contre un trait meurtrier
Mon corps lui peut du moins ſervir de bouclier.

Fin du quatrième Acte.

ACTE

ACTE CINQUIÈME.

SCENE I.

NADIR (*entrant en désordre & s'asseyant.*)

Eh bien! c'est donc ici qu'il faut que je périsse!...
(*se relevant.*)
O fortune! à la fin j'éprouve ton caprice!
Un seul revers détruit les plus nobles travaux!...
(*marchant agité.*)
J'ai vu naître par-tout des ennemis nouveaux;
Morad même, Morad que je crus si fidèle,
Au milieu du combat a trahi ma querelle.
Ingrat! que t'ai-je fait, & pourquoi me haïr?
Mais tu m'as trop flatté pour ne me point trahir!
Malheureux que je suis! dans ma grandeur suprême,
Je n'ai pu m'attacher un seul être qui m'aime:
Axiane elle-même, animant les soldats,
Semblait contre mon sein diriger tous leurs bras.
Deux fois pour me fraper elle s'est élancée;
Deux fois en frémissant ma main l'a repoussée:
J'ai même en ce désordre entendu quelques cris
Qui d'une horreur subite ont frapé mes esprits.
Je me suis trouvé seul, — fuyant, & sans escorte;
A peine du Serrail j'ai pu fermer la porte:

Mais elle va céder à leurs coups réunis ...
Mes crimes, je le ſens, ſont près d'être punis !
J'ai même cru tantôt, à travers un jour ſombre,
Avoir vu de Thamas vers moi s'avancer l'ombre :
L'effroi m'a fait ſentir ſon pouvoir inconnu,
Et le ſceptre, en mes mains à peine retenu,
Semblait m'être arraché par un bras inviſible.
Plus Dieu tarde à fraper, plus le coup eſt terrible.
Mais que vois-je ? ... mon fils s'efforce d'aprocher.
Quel ſpectacle !

SCENE II.

NADIR, MIRZA (*ſe tenant à une couliſſe.*)

MIRZA.

Est-ce toi, Selim ?... j'entends marcher;
Quelqu'un a pénétré dans ce lieu ſolitaire :
O, qui que vous ſoyez, parlez-moi de mon père,
Eſt-il vainqueur ?

NADIR (*s'aprochant de lui.*)

Il eſt plus malheureux que toi :
C'eſt le dernier inſtant, mon fils, où je te voi.
Ali triomphe, à peine ai-je ſauvé ma vie ;
Mais ſans doute ces lieux vont me la voir ravie.

MIRZA.

Puiſque ſon faible bras n'a pu vous ſecourir,

Avec vous votre fils ne cherche qu'à mourir...
Mais, grand Dieu! jusqu'à nous quels cris se font entendre!
Mon cœur à ces accens puisses-tu te méprendre!

SCENE III.

NADIR, MIRZA, AXIANE *soutenue par Selim & deux femmes.*

NADIR.

C'EST Axiane...

MIRZA.

O Ciel!

NADIR.

Qui d'un pas chancelant...
Ses traits sont tout souillés de poussière & de sang!...
Madame, avez-vous pu, parmi le bruit des armes,
A l'horreur des combats exposer tant de charmes?

AXIANE.

Ah! ne m'approche pas, & laisse-moi mourir...
(*On la conduit près de Mirza.*)
Mirza, je viens te voir à mon dernier soupir.

MIRZA.

Quoi! c'est toi qu'en mes bras je soutiens expirante.
Axiane!... dis-moi, trop malheureuse Amante,
Quel monstre assez barbare a pu percer ton sein?

AXIANE.

De ton père à ce coup méconnais-tu la main?

NADIR.

Moi, Madame! jamais ma fureur égarée...

AXIANE.

Souviens-toi du moment où ta garde entourée,
Au lieu de te défendre en combattant Ali,
A la voix de Morad s'est jointe à son parti:
C'est alors que ton fer m'a prise pour victime;
J'expirais aussi-tôt sans Selim & Fatime.

MIRZA (*à Nadir.*)

Quoi! près de vous livrer à cet excès d'horreur
Vous n'avez pas senti tressaillir votre cœur!

NADIR.

Axiane, croyez, par ce Ciel que j'atteste,
Que ce coup de ma main tout mon cœur le déteste....

AXIANE (*grand bruit.*)

Ah! j'entends mes vengeurs! le Ciel va te punir.

SCENE IV.

NADIR, MIRZA, AXIANE, ALI *entrant avec précipitation au second vers, avec des Soldats.*

NADIR.

Eh bien! soit, j'y consens, mais avant de périr
Je saurai m'immoler encor quelque victime.
(*Il se met en défense.*)
Traîtres, aprochez donc; consommez votre crime,

Venez assassiner celui dont la valeur
Vous guida si long-tems dans les champs de l'honneur,
Venez, je vous attends.

A L I (*fait un pas pour avancer, suivi des soldats.*)

Frapons.

M I R Z A.

Qu'allez-vous faire?

(*Il se précipite entre Nadir & Ali.*)

Marchez donc sur le fils pour aller jusqu'au père.

(*Les soldats reculent.*)

N A D I R (*le relève de la main gauche, & le range à côté de lui.*)

Mirza, relève-toi.

A L I (*voyant les soldats interdits.*)

Lâches, vous frémissez!
Dans vos tremblantes mains vos glaives sont baissés!

N A D I R.

Traîtres! que d'entre vous le plus hardi s'avance!
Je ne veux, contre tous, que ce bras pour défense.

U N D E S S O L D A T S (*à genoux.*)

Nadir, vois le pouvoir qu'a sur nous ton aspect.
Nous tombons à tes pieds, de crainte & de respect:
Tel est donc d'un grand Roi le sacré caractère,
Qu'à l'instant de fraper il faut qu'on le révère!
Daigne nous pardonner, &, désormais soumis,
Nos bras se tourneront contre tes ennemis.

N A D I R (*avec fierté.*)

Puisqu'un prompt repentir succède à votre audace,

Relevez vous, guerriers, votre Roi vous fait grace...
Et toi, perfide Ali, vil calomniateur,
Rends-moi, rends-moi mon fils qu'a perdu ta fureur!

AXIANE.

Quoi! Mirza! ton malheur est son infâme ouvrage!

MIRZA.

Il nous a tous trahis.

NADIR (*à Ali.*)

Par quel excès de rage...?

ALI.

Peux-tu le demander, quand je suis de ton sang?
Nadir, j'eus, comme toi, la soif du premier rang,
Sans le même bonheur, j'avais la même audace,
Par les mêmes degrés je montais à ta place,
Et ton exemple seul m'instruisait aux forfaits.
Mais puisque ta fortune a trahi mes projets,
Tu peux, au lieu du sceptre où je devais prétendre,
M'envoyer tes bourreaux, & je vais les attendre.

NADIR.

Qu'il périsse à l'instant! (*les soldats courent après Ali.*)

SCENE V.

NADIR, MIRZA, AXIANE.

AXIANE.

NADIR, j'ouvre les yeux;
Puisque tu fus trompé par ce monstre odieux,

La pitié dans mon cœur vient remplacer la haine :
J'abjure un attentat dont je porte la peine.
Je te pardonne tout, dès que tu plains ton fils,
Et je meurs ſans horreur, vous laiſſant réunis.
Mirza, viens recevoir mon ame fugitive...
(Mirza s'aproche à l'aide de Selim.)
Je ſens qu'auprès de toi ma douleur eſt moins vive.

MIRZA.

Eh ! quoi ! c'en eſt donc fait !

AXIANE.

Le voile de la mort
Va s'étendre ſur moi... Par un dernier effort,
Cher amant... cher époux, ma main ſaiſit la tienne...
Adieu... c'eſt pour jamais... Mirza, qu'il te ſouvienne
D'une jeune Princeſſe... & d'un cœur dont l'amour
Ne ceſſa... qu'à l'inſtant... qui la ravit au jour.
(Les femmes la reculent un pas.)

MIRZA.

Axiane, attends-moi, ton amant va te ſuivre,
Axiane... un moment voudrait-il te ſurvivre ?...
(Il étend les bras.)
Mais, je ne la ſens plus ! Eh quoi, cœurs inhumains,
Vous oſez l'arracher à mes tremblantes mains !
(Il la retrouve.)
Rendez-la moi, cruels... Eſt-ce elle que je touche ?
Ciel ! un ſoupir encore eſt ſorti de ſa bouche,
Son ſang vient de couler, il inonde ma main,
Mon père, mes amis, peut-être...

NADIR.

Ah! c'eſt en vain,
La pâleur de la mort ſur tous ſes traits s'imprime,
Elle n'eſt déjà plus. Eloignez-la, Fatime,
(On l'entraîne dans la couliſſe.)

SCENE DERNIERE.

NADIR, MIRZA.

MIRZA *(à Nadir vivement.)*

PERMETTEZ-MOI du moins d'expirer dans ſes bras;
Près d'elle, cher Selim, daigne guider mes pas.
(Selim avance.)

NADIR.

Non, non, arrachez-le de cet objet funeſte.

MIRZA

(retenu par Selim, ſe tourne vers Nadir.)
Vous voulez me priver du ſeul bien qui me reſte!
Vous! mon père!... barbare!... en cet inſtant d'horreur
Un mouvement affreux s'éleve dans mon cœur;
Vous y forcez enfin le reſpect à ſe taire:
Je ſuis près d'oublier que vous fûtes mon père;
Ce nom eſt à préſent remplacé dans mon ſein
Par celui d'opreſſeur, par celui d'aſſaſſin...
Qu'ai-je dit! pardonnez, ce dernier coup m'accable;
Vous m'avez ſu réduire à devenir coupable:

Mais mon cœur égaré n'écouta ce transport
Que pour mieux vous contraindre à me donner la mort;
Frapez, frapez enfin : en terminant ma vie
C'est réparer les maux dont vous l'avez remplie.
Ou si vous balancez à répandre mon sang,
Rendez-moi donc un fer, que j'en perce mon flanc.

NADIR.

Qu'à ce funeste sort ton âme plus soumise...

MIRZA.

(*Il se jette dans les bras de Selim, trouve son poignard, l'arrache, & s'éloigne.*)

Quoi! vous me refusez ...! Le Ciel me favorise.

NADIR.

Arrête.

MIRZA.

(*Il écarte Selim de la main gauche, & se tue.*)

Laissez-moi... j'ai fini mes malheurs.

NADIR

(*voulant l'empêcher, mais trop tard.*)

Mirza!

MIRZA

(*sentant la main de son père, la porte à sa bouche, & tombe.*)

Mon père! adieu : je vous aime & je meurs.

NADIR.

Mon fils!... Ciel! il expire!... & moi je vis encore!
Moi! monstre forcené que l'Univers abhorre,
Je vis! & l'on dirait que l'Ange de la mort

N'oſe aprocher ma tête, & reſpecte mon ſort...
Axiane ! Mirza ! voilà donc mes victimes !
Voilà donc les ſeuls fruits que m'ont produit mes crimes!
Et vous, Nature, Amour, chez les autres mortels
Vous conſervez du moins vos titres ſolemnels :
Moi, j'ai tout violé ! j'immole ce que j'aime,
Mes parricides mains ont frapé mon fils même !
Il ne me reſte plus qu'à déchirer mon flanc !...
Je ſens que je deviens avide de mon ſang :
J'aurai quelque plaiſir à le verſer moi-même !...
Déploie enfin ſur moi ta juſtice ſuprême,
Ciel vengeur ! à ma mort, non, ne la borne pas,
Etends-en la rigueur par-delà mon trépas,
Par des ſignes affreux, manifeſte à la Terre
Quels tourmens inouïs me garde ta colère.
Puiſſe une plaie horrible ouverte dans mon flanc, (7)
Pendant un ſiècle entier donner encor du ſang !
Iſpahan, que je ſente aux pieds de tes murailles
Cent vautours acharnés diſputer mes entrailles !
Que dans aucun endroit mon cadavre inhumé,
Dans le ſéjour des morts ne repoſe enfermé !
Que la ſainte Moſquée à ſon abord ſe ſouille !
Que cent fois mon tombeau vomiſſe ma dépouille !
Et que l'on diſe un jour que ce fameux Nadir,
Dont l'avide fureur voulut tout envahir,
N'a pas même gardé de conquêtes ſans nombre
Le plus léger eſpace où pût dormir ſon ombre !
Tel eſt le ſort cruel que j'invoque ſur moi.

(*Il tire ſon poignard.*) (*Il veut ſe fraper, & s'arrête.*)
Hâtons-le... c'en eſt fait... Que vois-je!... C'eſt mon Roi!
C'eſt Thamas!... Que veux-tu?... Fuis, ſpectre épouvantable:
Tu demandes ton fils que ma rage exécrable
Immola!... Va, Thamas, ne me reproche rien,
Regarde, ma fureur a fait périr le mien...
Tu te jettes ſur lui, cruel!... tes mains ſanglantes
Arrachent à mes yeux ſes entrailles fumantes!...
Laiſſe un fils innocent, & te venge ſur moi,
(*Il ſe tue.*) (*Il déchire ſes vêtemens, & l'on voit le ſang ſortir de la plaie.*)
Tiens... voilà tout mon ſang, Thamas, abreuve-toi;
(*Il chancelle, & dit en tombant appuyé ſur une main:*)
Et vous, Uſurpateurs des Trônes de vos Maîtres,
Voyez quel eſt le ſort que le Ciel garde aux traîtres!

FIN.

NOTES HISTORIQUES
SUR NADIR
OU
THAMAS-KOULI-KAN, ROI DE PERSE.

La vie de Nadir, plus fameux ſous le nom de Thamas-Kouli-Kan, n'a été long-tems connue en Europe que très imparfaitement. Tandis que par ſes exploits qui lui mirent la Couronne de Perſe ſur la tête, il faiſait trembler l'Aſie, on débitait beaucoup de fables ſur ſa naiſſance, & ſur ſa perſonne. Une famille de Bourgogne le réclama comme ſon parent; la ville de Bayonne fut quelque tems dans l'opinion que cet homme étonnant avait reçu le jour dans ſon enceinte.

Deux Hiſtoires de Thamas-Kouli-Kan, échapées aux preſſes Hollandaiſes accréditèrent ces erreurs & beaucoup d'autres.

Le Roi de Dannemark a fait traduire en Anglais un manuſcrit Perſan, intitulé *Hiſtoire de Nader-Shah*; mais c'eſt l'ouvrage d'un courtiſan flatteur, & beaucoup de faits y ſont altérés.

On trouve quelques traits relatifs à Thamas-Kouli-Kan épars dans les *Lettres édifiantes*, & dans un eſſai ſur les troubles de Perſe & de Géorgie, par M. *Peyſſonel*: mais la ſource la plus pure & la plus féconde dans laquelle on doive puiſer, c'eſt, ſans contredit, l'excellent ouvrage de M. Hanway, qui a joint au Journal de ſes Voyages d'Aſie une Hiſtoire très étendue des révolutions de Perſe. C'eſt cet Auteur que devaient conſulter tous ceux qui ont trouvé beaucoup plus commode de critiquer des vers relatifs aux traits hiſtoriques qu'ils ignoraient, que de chercher à s'en instruire; alors ils auraient pu juger du mérite de l'application, & ne point se donner le ridicule de condamner ce qu'ils n'entendent pas.

Cependant j'avoue que je me suis quelquefois écarté de ce guide, & que j'ai préféré en plusieurs endroits, pour la contexture de ma Tragédie, quelques détails de la vie & de la mort de Thamas-Kouli-Kan, mais qui n'ont pas l'authenticité du récit d'Hanway. Je vais rétablir ici les faits tels qu'ils se sont passés : on distinguera aisément ce que j'ai changé pour augmenter l'intérêt de mes personnages, & l'on voudra bien se souvenir qu'un Auteur tragique n'est pas obligé à la stricte vérité comme un Historien.

Nadir naquit en 1688, de la Tribu de Kirklou, une des plus considérables Tribus des Afgars, & de la race des Turcmans : cette Tribu habitait vers la source de la fontaine Meïab, près de Mesched & de Mérou.

Toutes les richesses de cette Tribu consistaient en troupeaux; elle vivait de chasse; ensorte qu'elle habitait sous des tentes en été; & l'hiver se retirait à Deregez & à Destegerd, deux petites villes, dont la dernière était une espece de place forte où commandait le père de Nadir. Ce nom, qui signifie *le merveilleux*, lui fut donné, selon quelques Mémoires particuliers, à cause des singularités qui accompagnèrent sa naissance; il vint au monde avec toutes ses dents, & une tache de sang sur le bras droit qui lui prenoit depuis le coude jusqu'à la première jointure des doigts. Il avait coutume, lorsqu'il combattait, de retrousser sa manche jusqu'à l'épaule, & ce bras nerveux & rouge annonçait la mort qu'il ne manquait jamais de donner : il tua de sa main, en différens combats, cent trente-sept hommes. La Nature l'avait doué d'une force de corps extraordinaire : il avait six pieds deux pouces de haut; son regard était terrible, & le son de sa voix imposant.

A peine âgé de dix-sept ans il s'enfuit de chez son père, & lui enleva cinq mille moutons qu'il vendit pour lever une troupe de trois à quatre cents hommes avec lesquels il exerça plusieurs brigandages.

Il épousa, par ambition, en 1715, la fille de Alibeg, un des principaux Afchards; ce qui lui attacha cette Nation & les Kiurdes.

Il eut pour premier fils Riza-Kulli-Mirza le 5 Février 1718.

Sa troupe avait insensiblement grossi; il s'était signalé dans plusieurs petits combats qu'il avait livrés aux Afgards: il s'empara de Kerat, près du désert, & la fortifia.

En 1726, après la mort de son père, il voulut s'emparer de Déregez & de Destegerd; sa patrie: la Tribu se souleva; il rasa les deux villes, & détruisit la Tribu presque entière. Il n'épargna pas ses oncles Melek-Mahmoud & Ishaak, & fit arracher les yeux & couper les oreilles aux Commandans des Kiurdes & des Afchards dont il soupçonnait la fidélité.

La Perse était alors en proie à des divisions intestines qui rendaient chaque Province indépendante; le faible Gouvernement des Husseim avait livré Ispahan même à un Chef des Afgards nommé Mahmoud, auquel succéda Escheref; & Shah-Thamas, le Roi légitime, se trouvait errant dans son Empire, ayant à peine conservé une ou deux Provinces.

Ce fut alors que Nadir conçut les plus grands desseins Il rassembla cinq à six mille hommes de troupes choisies, &, avec ce corps, fut trouver Shah-Thamas, & lui offrit ses services. Shah-Thamas le regarda comme un appui précieux, & l'incorpora dans son armée. Nadir, pour mieux cacher l'ambition qui le dévorait, affecta le plus grand dévouement aux intérêts de ce Roi faible & malheureux; il lui demanda, comme une faveur particulière, de lui permettre de se nommer *Thamas-Kouli-Kan*, c'est à-dire le Chef-esclave-de-Thamas.

Le Roi, trompé par toutes ces démonſtrations d'attachement, lui accorda la plus grande confiance, & au bout de quelques mois le nomma Généraliſſime de ſon armée.

Il juſtifia par de grands ſuccès l'opinion qu'on avait de ſes talens guerriers; Shah-Thamas rentra dans Iſpahan le 20 Décembre 1728 : Eſcheref fut tué l'année ſuivante, & Shah-Thamas demeura ſeul compétiteur au Trône.

Cependant Nadir ne perdit point de vue ſon projet. Il fit accuſer injuſtement Iſmael, frère de Shah-Thamas, d'une conſpiration, & ce malheureux Prince eut la tête tranchée par ordre de Shah-Thamas. En 1730 il était parvenu en un tel degré de puiſſance, qu'il obligea le Roi à conſentir que ſa ſœur Fatima-Begun fût fiancée à ſon fils Riza-Kuli-Mirza.

Shah-Thamas s'apperçut enfin que ſon ami était devenu ſon maître; &, pour lui ôter un pouvoir dont il abuſait, il fit inopinément la paix avec les Turcs, afin que Nadir n'eût aucun prétexte de demeurer en armes, eſpérant en outre qu'auſſi-tôt que ces troupes ſeraient licentiées il lui ſerait facile de s'aſſurer de ſa perſonne, & de punir un ſujet ambitieux qui avait déjà plus d'une fois fait éclater les deſſeins ſecrets qu'il méditait.

Mais Nadir était trop adroit pour donner ainſi dans le piège; au lieu d'obéir aux ordres de l'Empereur, il vola à Iſpahan avec ſon armée, &, dans la ſurpriſe que ſon arrivée imprévue cauſa, il ſe rendit maître de la perſonne de Shah-Thamas, le dépoſa de ſon autorité, & mit le diadême ſur la tête de Abbas, ſon fils, âgé de huit mois. Il aſſigna la forteresſe de Sebzwar, dans le Koraſſan, pour la priſon de Shah-Thamas. La ville de Kaſvin fut deſtinée à être la demeure du jeune Empereur. Cet événement arriva le 26 Août 1731,

Nadir règna ſous le nom de cet enfant juſqu'en 1735; & après avoit ſoumis la Perſe entière, Province par Province,

Il résolut de se débarrasser de ce fantôme de Roi, qui, quoiqu'il en eût lui-même toute la puissance, le rendait encore jaloux du nom. A cet effet, il convoqua tous les Grands de l'Empire dans la plaine de Mogan, où il campait avec son armée, & là, après avoir fait faire une discussion de leurs droits d'élection toute à son avantage, il se fit proclamer Empereur.

N'ayant plus d'ennemis à combattre au-dedans du Royaume, cet homme, qui semblait ne craindre que le repos, entreprit la conquête de l'Indostan, une des plus mémorables & des plus rapides dont l'Histoire fasse mention.

Mohammed-Nosraddin règnait alors à Dehli. C'était un Prince faible qui se trouva accablé par ce torrent que rien n'avait pu arrêter dans sa marche ; Nadir était entré à Dehli en Conquérant à la fin de Février 1738, étant parti d'Ispahan le 6 Octobre 1737.

Mohammed lui remit sa couronne & tous les attributs de sa Royauté ; & Nadir ne songeait qu'à lever les plus fortes contributions sur les sujets du Mogol : mais le 10 Mars il eut avis qu'on se disposait à l'attaquer dans le Palais même de Mohammed. Cette nouvelle le mit en fureur, & ses troupes firent main-basse sur tous les habitans de Dehli indistinctement, depuis la rue Agemire jusqu'à la grande Mosquée de Roysin Aldoulet. Enfin il se laissa fléchir, & après six heures de carnage, il envoya l'ordre de le cesser. Les Historiens qui ont porté ce massacre au plus bas, disent que cent vingt mille hommes y périrent.

Nadir ne pensa plus qu'à quitter Dehli ; il fit venir Mohammed en sa présence le premier de Mai, lui rendit sa couronne, lui imposa un tribut, &, après lui avoir enlevé tous ses trésors, dont, sur-tout le superbe Trône du Pan qui faisait la merveille de l'Indostan, il quitta Dehli au commencement de Mai, traînant à sa suite deux jeunes Princesses, dont

dont l'une était petite-fille d'Aureng-Zeb, & l'autre fille de Mohammed lui-même.

Nadir était très superstitieux, & fort ignorant; il n'aprit à lire qu'à trente-deux ans, en s'en revenant de son expédition de l'Indostan. Il passa en 1739 à Mesched, regardée comme une Terre sainte par la secte de Giafar, ou des Sunnites dont Nadir était. Il y donna une lampe superbe à la Mosquée, & marqua cet endroit comme le lieu de sa sépulture.

En 1741 un Afgar, ou un Tartare, lui tira un coup de fusil comme il passait dans la forêt d'Olad: la bride de son cheval fut coupée par la balle, & ce misérable s'enfonça dans le bois. Cependant Riza-Kuli-Mirza, alors âgé de 26 ans, fut accusé d'être l'auteur de cet assassinat; & Ali lui-même, le neveu de Nadir, parut avoir trempé dans ce complot: cependant il trouva moyen de se justifier, & tout le crime retomba sur Mirza qui était alors dans son Gouvernement de Maschaad.

Nadir qui l'aimait beaucoup à cause de sa bravoure, & le regardant comme l'héritier d'un Empire qui lui avait coûté tant de soins, lui fit dire de venir se justifier, ou de compter sur sa clémence. Mirza lui répondit qu'il n'était pas coupable, & que sans doute son intention était de le faire périr. Sa lettre conçue dans des termes injurieux irrita son père qui l'envoya arrêter & lui fit crever les yeux. On le renferma ensuite dans la forteresse de Kelat, où Ali le fit tuer après la mort de Nadir.

C'est cette lettre de Mirza qui fut cause de son malheur, & c'est ce fait que j'ai voulu indiquer, lorsque j'ai fait dire à Nadir en parlant à Ali son neveu.

Imite de Mirza la valeur, sans l'orgueil;
De toutes ses vertus ce vice fut l'écueil.

J'ai cependant été accusé de n'avoir mis là ces deux vers

que pour faire nombre ; & c'eſt ainſi que les mal-intentionnés jugent.

Nadir ſignala encore ſon règne par une guerre contre les Turcs, mais le ſuplice de ſon fils revenait de tems en tems à ſon ſouvenir ; il devint depuis cette époque, ſoupçonneux, & même furieux ; il conſulta pluſieurs Aſtrologues ſur ſon ſort, & cependant il ne put éviter la fin tragique qui l'attendait.

Les habitans de Fars, de Benader & du Seiſtan s'étant révoltés, Ali ſe joignit à eux, & Nadir partit d'Iſpahan pour aller le combattre.

Le 8 Juin 1747, & non le 20 comme le diſent les Lettres édifiantes, ayant joint ſon armée dans la plaine de Soltan-Meidan, où elle était campée, & s'étant retiré dans ſa tente pour prendre du repos, Saleg, Colonel de la Garde des Afgars, gagné par Ali, accompagné de quatre Conjurés, pénétra dans ſa tente, où ayant aperçu une vieille eſclave qui jetta des cris, ils la tuerent auſſi-tôt.

Nadir, qui était couché avec la fille de Mohammed dont il était devenu éperdûment amoureux, entendant du bruit, ſe leva, & apercevant Saleg, lui demanda ce qu'il voulait à cette heure. Saleg lui répondit par un coup de ſabre ſur le col. Nadir s'élançant auſſi-tôt dans l'intérieur de ſa tente ſaiſit ſon ſabre, & quoique bleſſé tua deux des cinq conjurés : enſuite il voulut ſortir de ſa tente, mais s'étant embarraſſé un pied dans les cordes, il tomba, & Saleg lui porta un ſecond coup mortel, enſuite il lui coupa la tête. Ainſi ſe termina le ſort de l'homme le plus étonnant que l'Aſie ait produit dans ce ſiècle.

Ali qui lui ſuccéda, ne profita de ſon crime que peu de tems ; au bout de 18 mois il fut détrôné & aveuglé par ſon propre frère, qui ne régna lui-même que 8 mois, & laiſſa le Trône à Sha-Ruck-Mirza, fils de Riza-Kuli-Mirza, qui, après avoir été détrôné & aveuglé par Seïd, fût ensuite replacé sur le Trône par Alikan Gélaïr, & a régné sept ou huit ans, quoiqu'aveugle.

---

(1) Tels sont les souvenirs présens à ma pensée.

Ce que nous venons de dire de la conquête du Mogol nous dispense d'aucune explication pour les vers qui précèdent celui-ci.

(2) M'aprit en le flattant à conjurer sa perte.

On peut se rappeller ce que j'ai dit plus haut, que Nadir prit le nom d'Esclave du Roi pour mieux lui marquer sa soumission.

(3) Maudire encor le jour où m'enfanta ma mere.

La vengeance que Nadir exerça contre sa Tribu dut être un objet éternel de ses remords.

(4) Tiens, Morad, en voilà sur cette main tracé.

Le fait auquel j'ai voulu ici faire allusion n'est pas très avéré, & je ne l'ai su que par tradition; mais il m'a donné un effet que le sieur La Rive, qui joue supérieurement tout ce rôle, a rendu d'une maniere qui ferait bien regretter que je n'en eusse pas fait usage.

(5) Ils ne se disent point : *Cachons-nous, c'est le Roi !*

Nadir fut long-tems indisposé contre les habitans d'Ispahan qui restèrent en secret attachés à Shah-Thamas; & dans les premières années de son usurpation, il ne sortait jamais dans les rues qu'accompagné d'une garde nombreuse, qui semait par-tout l'éfroi, & on fermait ordinairement les portes des maisons lorsqu'on annonçait son passage.

(6) Les espaces, les tems s'aprochaient à ma voix.

Personne n'avait plus de droit de dire ce vers que Nadir: il se rendit d'Ispahan à Dehly, avec une armée de 80 mille hommes, en moins de tems qu'il n'en aurait fallu à un simple voyageur.

(7) Puisse une plaïe horrible ouverte dans mon flanc

Ce souhait a pu être fait par l'homme le plus sanguinaire qui ait existé; & sur la Scène, il faut oublier, qui écoute pour regarder seulement qui parle. Si l'imprécation de Nadir sur lui-même paraît trop forte pour les Spectateurs, elle n'en est pas moins dans le caractère de Nadir, & ce vers

Que cent fois mon tombeau vomisse ma dépouille

a en outre, pour lui servir de passeport, une tradition qui subsistera long-tems en Perse. On prétendait que le corps de Nadir ayant été porté à la Mosquée de Mesched, les portes se fermèrent d'elles-mêmes à son aproche, que l'on déposa son cercueil dans le cimetière, & que tous les matins on trouvait son cadavre sorti; ensorte que les Prêtres de la Mosquée furent obligés de faire dresser des poteaux devant la porte, & y suspendirent le tombeau avec des chaînes de fer. On va l'y voir encore, soit par curiosité, soit par vénération pour la mémoire d'un homme que je crois avoir assez fidellement peint dans quelques endroits.

FIN.

fourni le Suppl.

NOUVEAU Ve ACTE.*

SCENE I.

NADIR (*entrant en désordre, & s'asseyant.*)

EH bien! c'est donc ici qu'il faut que je périsse!...
(*se relevant.*)
O Fortune! à la fin j'éprouve ton caprice!
Un seul revers détruit les plus nobles travaux!...
(*marchant agité.*)
J'ai vu naître par-tout des ennemis nouveaux;
Morad même, Morad que je crus si fidèle,
Au milieu du combat a trahi ma querelle.
Ingrat! que t'ai-je fait? & pourquoi me haïr?
Mais tu m'as trop flatté pour ne me point trahir!
Malheureux que je suis! dans ma grandeur suprême,
Je n'ai pu m'attacher un seul être qui m'aime:
Axiane elle-même, animant les soldats,
Semblait contre mon sein diriger tous leurs bras.
Je me suis trouvé seul, — fuyant, & sans escorte;
A peine du Serrail j'ai pu gagner la porte:
Asyle trop peu sûr contre tant d'ennemis!

* La onzième représentation de Thamas-Kouli-Kan ayant été retardée quelques jours par l'indisposition d'un Acteur, l'Auteur a profité du peu de tems que cette courte interruption lui a donné, pour faire à cette Tragédie un nouveau cinquième Acte, où, abandonnant l'exactitude du Fait historique, il remplace la catastrophe sanglante par un dénouement heureux. C'est au tems à décider lequel des deux Actes restera au Théâtre. Mais M. D. B. y trouve du moins, dès-à-présent, l'avantage de prouver qu'il se fera toujours un devoir & un plaisir de se conformer aux avis dictés par la bienveillance.

Mes crimes, je le ſens, ſont près d'être punis!
J'ai même cru tantôt, à travers un jour ſombre,
Avoir vu de Thamas vers moi s'avancer l'ombre:
(*Avançant ſur lui.*)
Ciel! je le vois encore!...Eh bien! que me veux-tu?
N'es-tu pas ſatisfait, Thamas? je ſuis vaincu!
Laiſſe-moi! laiſſe-moi! Fuis, ſpectre épouvantable;
Va m'attendre aux enfers... Dans l'horreur qui m'accable
Il ne me reſte plus qu'à déchirer mon flanc!...
Je ſens que je deviens avide de mon ſang:
J'aurai quelque plaiſir à le verſer moi-même!...
(*Il met la main ſur ſon poignard.*)
C'en eſt fait; de mes jours hâtons l'heure ſuprême...
Mais, d'un nouvel effroi tous mes ſens ſont ſaiſis!...
Quand je ne ſerai plus, que deviendra mon fils?
Hélas! aux mains d'Ali mon injuſte vengeance
Va donc après ma mort le livrer ſans défenſe!
Et moi-même aujourd'hui je ne ſuccombais pas
S'il eût pu me ſervir de l'effort de ſon bras!
Je ſens trop tard qu'un père, en ſa vengeance extrême,
Quand il frape ſon fils, ſe frape auſſi lui-même...
Qui s'avance?... Axiane!...

SCENE II.

AXIANE *accourant*, NADIR.

NADIR (*avec indignation.*)

Eh quoi! juſqu'en ces lieux
De ma mort vous cherchez à repaître vos yeux?

AXIANE (*vivement.*)

Qu'un ſoin bien différent auprès de vous me guide !
J'accours ſauver Mirza des fureurs d'un perfide,
Ou mourir avec lui. Ce monſtre, cet Ali,
Par le traître Morad tout-à-coup enhardi,
S'eſt fait proclamer Roi. Déjà ſa barbarie
A proſcrit de Mirza la languiſſante vie.
S'il ſort de ce Serrail ſans doute il va périr.

NADIR.

Dans ce fatal inſtant comment le ſecourir ?

AXIANE (*avec un cri de joie.*)

Je le vois . . .

SCENE III.

NADIR, MIRZA, AXIANE, SELIM.

AXIANE (*courant à lui, & le prenant par la main.*)

Reconnais une main qui t'eſt chère.

MIRZA.

Ah ! Madame ! . . . avant tout parlez-moi de mon père.
Eſt-il vainqueur ?

NADIR.

Il eſt accablé par le ſort :
Il ne nous reſte plus à tous deux que la mort ;
Et le Ciel m'eſt témoin que mon âme invincible,
A ſon dernier inſtant demeurée inflexible,
N'eût pas d'un ſeul ſoupir avili mon trépas,
Si celui de mon fils ne l'accompagnait pas.

MIRZA.

O trop tendre retour de l'amitié d'un père !

AXIANE (*avec une surprise mêlée de joie.*)

Quoi ! vous, son opresseur, vous plaignez sa misère !

NADIR.

Je fus trompé, Madame, & c'est le sort des Rois.
Mais de son innocence en écoutant la voix,
J'ai frémi des effets d'une affreuse imposture ;
Mon ame s'est rouverte au cri de la Nature,
Je n'aurais souhaité de revenir vainqueur
Que pour faire à Mirza retrouver le bonheur,
Et, joignant à jamais sa main avec la vôtre,
Peut-être vous contraindre à m'aimer l'un & l'autre.

MIRZA.

Qu'entends-je ?

AXIANE.

Qu'ai-je fait ? quoi ! vous auriez permis...!
Et j'ai pu me ranger parmi vos ennemis !
Et j'ai pu, dans l'excès d'une imprudente rage,
Moi-même par ma voix exciter leur courage !
Et jouet d'un perfide, ardente à conspirer,
Détruire mon bonheur en croyant l'assurer !
Punissez-moi, Seigneur ! & que ma mort expie...

NADIR.

Non, c'est moi qui bientôt vais vous donner ma vie...

MIRZA.

Ah ! mon père, avec vous votre fils veut mourir.

SCENE IV.

NADIR, MIRZA, AXIANE, ALI *entrant avec précipitation au second vers, avec des Soldats.*

NADIR (*prenant son sabre.*)

Je les entends....

AXIANE.

Ah! Ciel!

NADIR.

Mais avant de périr
Je saurai m'immoler encor quelque victime.

(*Il se met en défense.*)

Traîtres, aprochez donc; consommez votre crime,
Venez assassiner celui dont la valeur
Vous guida si long-tems dans les champs de l'honneur;
Venez, je vous attends.

ALI (*fait un pas pour avancer, suivi des soldats.*)

Frapons.

MIRZA.

Qu'allez-vous faire?

(*Il se précipite entre Nadir & Ali.*)

Marchez donc sur le fils pour aller jusqu'au père.

(*Les soldats reculent.*)

NADIR (*le relève de la main gauche, & le range à côté de lui.*)

Mirza, relève-toi.

ALI (*voyant les soldats interdits.*)

Lâches, vous frémissez!

Dans vos tremblantes mains vos glaives ſont baiſſés !

NADIR.

Traîtres ! que d'entre vous le plus hardi s'avance !
Je ne veux, contre tous, que ce bras pour défenſe.

UN DES SOLDATS (*à genoux.*)

Nadir, vois le pouvoir qu'a ſur nous ton aſpect.
Nous tombons à tes pieds, de crainte & de reſpect :
Tel eſt donc d'un grand Roi le ſacré caractère,
Qu'à l'inſtant de fraper il faut qu'on le révère !
Daigne nous pardonner ; &, déſormais ſoumis,
Nos bras ſe tourneront contre tes ennemis.

NADIR (*avec fierté.*)

Puiſqu'un prompt repentir ſuccède à votre audace,
Relevez-vous, guerriers, votre Roi vous fait grace...
Et toi, perfide Ali, vil calomniateur,
Rends-moi, rends-moi mon fils qu'a perdu ta fureur !
Lève les yeux, cruel ! contemple ton ouvrage ;
Et dis-moi quel motif pût animer ta rage.

ALI.

Peux-tu le demander, quand je ſuis de ton ſang ?
Nadir, j'eus, comme toi, la ſoif du premier rang ;
Sans le même bonheur, j'avais la même audace,
Par les mêmes degrés je montais à ta place,
Et ton exemple ſeul m'inſtruiſait aux forfaits.
Mais puiſque ta fortune a trahi mes projets,
Tu peux, au lieu du ſceptre où je devais prétendre,
M'envoyer tes bourreaux, & je vais les attendre.

NADIR.

Que ſa tête à l'inſtant tombe ſur l'échafaud.

SCENE DERNIERE.

NADIR, AXIANE, MIRZA.

MIRZA.

Quoi ! son sang coulerait sous la main d'un bourreau !
Grace au Ciel ! votre fils fût sa seule victime,
Sur moi seul est tombé tout l'effort de son crime ;
Mais n'importe, ma voix ne le peut condamner,
Et moi, je mets enfin ma gloire à pardonner.

NADIR.

Ecoute moins l'élan d'un cœur trop magnanime ;
Souffre qu'en cet instant un autre soin m'anime.
(*à Axiane.*)
Daignez m'aider, Madame, à consoler mon fils ;
Par moi soyez enfin à jamais réunis :
Que votre âme, toujours tendre & compatissante,
Ne voie en ses malheurs que la vertu soufrante.

AXIANE.

Ah ! c'est à mon amour à le venger du sort.

MIRZA (*à Nadir.*)

Quoi ! vous vous imposez ce généreux effort !

NADIR.

Pouvais-je faire moins après mon injustice ?
Eh ! que ne puis-je aussi réparer ton suplice !
Connais, connais du moins le désespoir mortel
Que ton père ressent de le voir éternel.

MIRZA.

Seigneur, à des regrets ne livrez point votre âme;
Moi, je ne sens plus rien que l'ardeur qui m'enflâme.
Axiane, en régnant sur ton cœur éperdu,
Non, le mien aujourd'hui croit n'avoir rien perdu:
Eh! qu'ai-je pour t'aimer besoin de la lumière?
Ton image en mon sein sut rester toute entière.
Le coup qui vint fermer mes yeux à la clarté,
Y grava plus avant les traits de ta beauté.
On sent mieux le bonheur en y mêlant des larmes,
Et les pleurs de l'amour ne sont jamais sans charmes.

NADIR

(*prenant la main de Mirza & d'Axiane.*)

Tous les deux dans mon sein confondez vos transports;
L'aspect de leur bonheur appaise mes remords.
Telle est donc d'un bienfait la sainte récompense,
Qu'il rend aux criminels la paix de l'innocence!
Désormais plus tranquille, allons dans tous les cœurs
Effacer, s'il se peut, mes premières fureurs,
Et que l'on dise un jour chez la race future,
Si Nadir fut vaincu, ce fut par la Nature.

FIN.

Lu & approuvé. A Paris, le 20 Octobre 1780.

SUARD.

Vu l'Approbation, permis de représenter & d'imprimer. A Paris, le 20 Octobre 1780. LE NOIR.

www.ingramcontent.com/pod-product-compliance
Lightning Source LLC
LaVergne TN
LVHW012017220826
846092LV00001B/391